MIRA®

Der Preis dieses Bandes versteht sich einschließlich der gesetzlichen Mehrwertsteuer.

Umwelthinweis:
Dieses Buch wurde auf chlor- und säurefreiem Papier gedruckt.

Nachtgeflüster 1: Der gefährliche Verehrer

Ein Fall für Police Detective Boyd Fletcher: Radio DJ Cilla O'Roarke wird während ihrer nächtlichen Sendungen von einem anonymen Anrufer bedroht. Boyd beschließt, Cilla nicht mehr aus den Augen zu lassen – und verliebt sich dabei in ihre weiche, sensible Art, die sie hinter ihrem kühlen Auftreten zu verbergen versucht. Als der Täter ganz nah ist und einen Drohbrief beim Sender hinterlässt, zögert Boyd nicht länger: Er bringt Cilla in seinem Haus, das abgeschieden in den Rocky Mountains liegt, in Sicherheit. Doch dafür ist er jetzt selbst in Gefahr. Denn rettungslos verfällt er Cillas erotischer Ausstrahlung ...

Nora Roberts

Nachtgeflüster 1
Der gefährliche Verehrer

Roman

Aus dem Amerikanischen von
M. R. Heinze

MIRA®

MIRA® TASCHENBUCH
Band 25126
1. Auflage: März 2005

MIRA® TASCHENBÜCHER
erscheinen in der Cora Verlag GmbH & Co. KG,
Axel-Springer-Platz 1, 20350 Hamburg

Titel der nordamerikanischen Originalausgabe:
Night Shift

erschienen bei: Silhouette Books, Toronto
Published by arrangement with
Harlequin Enterprises II B.V., Amsterdam

Konzeption/Reihengestaltung: fredeboldpartner.network, Köln
Umschlaggestaltung: pecher und soiron, Köln
Titelabbildung: by GettyImages, München
Autorenfoto: © by Harlequin Enterprise S.A., Schweiz
Satz: D.I.E. Grafikpartner, Köln
Druck und Bindearbeiten: Ebner & Spiegel, Ulm
Printed in Germany
ISBN 3-89941-165-X

www.mira-taschenbuch.de

1. KAPITEL

„Also, ihr Nachteulen, es geht auf Mitternacht zu, und ihr hört KHIP. Macht euch bereit für fünf Hits in Folge. Hier spricht Cilla O'Roarke, und, Darling, diesen Hit sende ich nur für dich."

Ihre Stimme war wie ein guter Whisky, glatt und kraftvoll. Weich und gleichzeitig rau schien sie direkt wie für die Ätherwellen geschaffen zu sein. Jeder Mann in Denver, der sein Radio auf ihre Frequenz eingestellt hatte, musste glauben, dass sie nur zu ihm sprach.

Cilla zog den Schalter am Mischpult auf und schickte den ersten der fünf versprochenen Hits zu ihren Hörern hinaus. Musik erfüllte die Sendekabine. Sie hätte die Kopfhörer abnehmen und sich drei Minuten und zweiundzwanzig Sekunden Stille gönnen können. Sie bevorzugte jedoch mitzuhören. Ihre Vorliebe für Musik war nur einer der Gründe für ihren Erfolg im Radio.

Ihre Stimme war ein natürliches Attribut. Mit Sprechen hatte sie ihren ersten Job bekommen – bei einer kleinen, mit wenig Geld ausgestatteten Radiostation im ländlichen Georgia –, ohne Erfahrung, ohne Empfehlungsschreiben und mit einem brandneuen High-School-Diplom. Und es war ihr absolut klar, dass sie ihrer Stimme wegen diesen Posten bekommen hatte. Wegen ihrer Stimme und wegen ihrer Bereitschaft, so gut wie gratis zu arbeiten, Kaffee zu kochen und gleichzeitig als Empfangsdame des Senders zu fungieren. Zehn Jahre später bestand ihre Qualifikation ganz sicher nicht mehr nur aus ihrer Stimme, die allerdings noch immer oft genug die Dinge zu ihren Gunsten wendete.

Cilla hatte nie die Zeit gefunden, den Collegeabschluss in Kommunikation zu erlangen, den sie nach wie vor anstrebte. Aber sie konnte jetzt als Technikerin, Nachrichtensprecherin, Interviewerin und Programmdirektorin einspringen – und hatte es auch getan. Sie besaß ein enzyklopädisches Gedächtnis für Songs und Künstler und Respekt vor beiden. Das Radio war seit einem Jahrzehnt ihr Zuhause, und sie liebte es.

Cillas lässige, kokettierende Persönlichkeit in ihren Sendungen stand oft in einem krassen Gegensatz zu der tüchtigen, organisierten und ehrgeizigen Frau, die kaum mehr als sechs Stunden schlief und hauptsächlich im Gehen aß. Die öffentliche Cilla O'Roarke war eine sexy Radioprinzessin, die sich unter Berühmtheiten mischte und einen mit Glamour und Aufregung erfüllten Job hatte. Die private Frau verbrachte täglich durchschnittlich zehn Stunden im Sender oder mit Arbeit für den Sender, war wild entschlossen, ihre jüngere Schwester durch das College zu bringen, und hatte seit zwei Jahren samstagabends keine Verabredung mehr gehabt. Und wollte auch keine.

Sie legte ihre Kopfhörer beiseite und überprüfte noch einmal ihren täglichen Fahrplan für ihren nächsten Fünfzehn-Minuten-Block. Für den Zeitraum eines Top-Ten-Hits war es still in der Sendekabine. Es gab nur Cilla und die Lichter und Anzeigegeräte am Mischpult. So mochte sie es am liebsten.

Als sie vor sechs Monaten die Stellung bei KHIP in Denver annahm, hatte sie um die Sendezeit zwischen zehn Uhr abends und zwei Uhr nachts gerungen, die für gewöhnlich einem Anfänger-Discjockey vorbehalten war. Mit ihrem steigenden Erfolg und zehnjähriger Erfahrung im Rücken hätte sie einen der wichtigen Tagesblöcke haben können, zu denen die meisten Zuhörerzahlen erreicht wurden. Sie bevorzugte jedoch die Nacht, und in den letzten fünf Jahren hatte sie sich einen Namen für diese einsamen Stunden gemacht.

Sie war gern allein, und sie schickte gern ihre Stimme und Musik zu all denen hinaus, die nachts lebten.

Mit einem Blick auf die Uhr setzte Cilla wieder ihre Kopfhörer auf. Zwischen dem Ausblenden von Hit Nummer vier und der Einleitung zu Hit Nummer fünf gab sie mit sanfter Stimme die Senderkennung und die Frequenz durch. Nach einer kurzen Pause, in der sie eine Kassette mit aufgezeichneten Nachrichten einlegte, wollte sie dann mit ihrem Lieblingsteil der Show beginnen, dem Hörerwunschtelefon.

Sie genoss es zu beobachten, wie die Lichter am Telefon leuchteten, genoss es, die Stimmen zu hören. Das entführte sie jede Nacht für fünfzig Minuten aus ihrer Sendekabine und bewies ihr, dass da draußen Menschen waren, echte Menschen mit echtem Leben, die ihr zuhörten.

Sie zündete sich eine Zigarette an und lehnte sich auf ihrem Drehstuhl zurück. Das war jetzt ihr letzter ruhiger Moment für die nächste Stunde.

Sie wirkte nicht wie eine in sich ruhende Frau. Auch sah sie nicht wie eine schillernde Femme fatale aus, trotz ihrer Stimme. Für beides zeigte sich zu viel Energie in ihrem Gesicht und in ihrem langen, nervösen Körper. Ihre Nägel waren nicht bemalt, genau wie ihr Mund. In ihrem Zeitplan fand sie selten Gelegenheit, sich zu schminken. Ihre dunklen brandybraunen Augen waren fast geschlossen, während sie ihrem Körper erlaubte, sich aufzuladen. Ihre Wimpern waren lang, ein Erbe von ihrem verträumten Vater. Im Gegensatz zu den seidigen Wimpern und der blassen, glatten Haut waren ihre Züge scharf und eckig. Sie war mit einer Wolke dichter, welliger, schwarzer Haare gesegnet, die sie rücksichtslos zurückkämmte und zusammenband oder mit Rücksicht auf die Kopfhörer hochsteckte.

Mit einem Blick auf die Anzeige der abgelaufenen Zeit zerstieß Cilla die Zigarette, nahm einen Schluck Wasser und machte das Mikro auf. Das ON-AIR-Zeichen leuchtete grün.

„Das war für alle Liebenden da draußen, ob sie heute Nacht jemanden zum Kuscheln bei sich haben oder sich nur jemanden wünschen. Bleiben Sie an den Apparaten. Hier ist Cilla O'Roarke, Denver. Sie hören KHIP. Wir melden uns wieder mit unserem Hörerwunschtelefon." Als sie das Band für eine Werbeeinschaltung anlaufen ließ, blickte sie auf. „Hey, Nick. Wie geht's?"

Nick Peters, der Collegestudent, der im Sender

als Praktikant arbeitete, schob seine Brille mit der dunklen Fassung höher und grinste. „Ich habe den Literaturtest mit Auszeichnung bestanden."

„Gut gemacht." Dankbar nahm sie ihm die Henkeltasse mit dampfendem Kaffee ab, die er ihr anbot. „Schneit es noch?"

„Hat vor etwa einer Stunde aufgehört."

Sie nickte und entspannte sich ein wenig. Sie hatte sich Sorgen um Deborah, ihre jüngere Schwester, gemacht.

„Die Straßen sind wahrscheinlich katastrophal."

„Nicht so schlimm. Wollen Sie was zum Kaffee dazuhaben?"

Sie warf ihm ein flüchtiges Lächeln zu und war in Gedanken zu beschäftigt, um die Anbetung in seinen Augen zu bemerken. „Nein, danke. Nehmen Sie sich ein paar von den trockenen Doughnuts, bevor Sie Schluss machen." Sie drückte eine Taste und sprach wieder in das Mikro.

Während sie die Sponsoren des Senders verlas, beobachtete er sie. Er wusste, dass es hoffnungslos war, sogar dumm, aber er war rasend in sie verliebt. Für ihn war sie die schönste Frau der Welt, und neben ihr wirkten die Frauen auf dem College wie ein müder Abklatsch dessen, was eine richtige Frau sein sollte. Sie war stark, erfolgreich, sexy. Und sie wusste kaum, dass es ihn gab. Wenn sie ihn überhaupt zur Kenntnis nahm, dann mit einem zerstreut freundlichen Lächeln oder einer Geste.

Seit mehr als drei Minuten kratzte er seinen Mut zusammen, um sie um eine Verabredung zu bitten. Und er malte sich aus, wie es sein musste, wenn sie ihre Aufmerksamkeit einen ganzen Abend nur auf ihn richtete.

Sie merkte absolut nichts. Hätte sie gewusst, welchen Weg seine Gedanken einschlugen, Cilla wäre mehr amüsiert als geschmeichelt gewesen. Nick war knapp einundzwanzig, chronologisch gesehen sieben Jahre jünger als sie. Und Jahrzehnte jünger in jeder anderen Hinsicht. Sie mochte ihn. Er war bescheiden und tüchtig, und er scheute sich nicht vor langen Stunden harter Arbeit.

Während der letzten paar Monate hatte sie sich an den Kaffee gewöhnt, den er ihr brachte, bevor er den Sender verließ. Und an das Bewusstsein, ganz allein zu sein, wenn sie ihn trank.

Nick sah auf die Uhr. „Ich ... äh ... wir sehen uns morgen."

„Hmmm? Oh, na klar. Gute Nacht, Nick." In dem Moment, in dem er durch die Tür war, vergaß sie ihn. Sie drückte einen der aufleuchtenden Knöpfe am Telefon. „KHIP. Sie sind auf Sendung."

„Cilla?"

„Ja, wer spricht da?"

„Ich bin Kate."

„Von wo rufen Sie an, Kate?"

„Von daheim – hier drüben in Lakewood. Mein Mann ist Taxifahrer. Er macht Spätschicht. Wir beide hören uns jede Nacht Ihre Sendung an. Könnten Sie ‚Peaceful, Easy Feeling' für Kate und Ray spielen?"

„Wird gemacht, Kate. Halt das Feuer zu Hause am Brennen." Sie drückte den nächsten Knopf. „KHIP. Sie sind auf Sendung."

Alles lief glatt. Cilla nahm wie gewöhnlich die Anrufe entgegen, notierte die Titel und die Widmungen. Die Wände des kleinen Studios waren voll mit Regalen, in denen LPs, 45er und CDs so geordnet und beschriftet waren, dass man sie leicht fand. Nach etlichen Anrufen machte sie stets eine Pause mit Werbeeinschaltungen und Ankündigungen des Senders, um Zeit zum Zusammenstellen des ersten Blocks von Songs zu haben.

Einige der Anrufer meldeten sich öfters, und mit denen plauderte sie dann eine Weile. Einige waren nur einsam und riefen an, um den Klang einer anderen Stimme zu hören. Dazwischen gab es gelegentlich einen Verrückten, den sie mit einem Scherz aus der Leitung drängte oder den sie einfach unterbrach. In all den Jahren, in denen sie mit Telefonanrufen zu tun hatte, konnte sie sich nicht an einen einzigen langweiligen Moment erinnern.

Sie genoss das Plaudern und Scherzen mit Anrufern ungemein. In der Sicherheit der Kontrollkabine war sie fähig, sich in einer Weise zu entspannen und eine lässige Beziehung zu Fremden herzustellen, wie sie das nie von Angesicht zu Angesicht konnte. Niemand, der ihre Stimme hörte, hätte geahnt, dass sie schüchtern und unsicher war.

„KHIP. Sie sind auf Sendung."

„Cilla."

„Ja. Sie müssen lauter sprechen, Partner. Wie heißen Sie?"

„Spielt keine Rolle."

„Okay, Mr. X." Sie rieb ihre plötzlich feuchten Handflächen an ihrer Jeans. Ihr Instinkt sagte ihr, dass es mit diesem Anrufer Ärger geben würde. Ihr Finger schwebte über dem Sieben-Sekunden-Verzögerungsschalter. „Haben Sie einen Wunsch?"

„Ich will, dass du bezahlst, du Schlampe. Ich werde dich bezahlen lassen. Wenn ich mit dir fertig bin, wirst du mir dafür danken, dass ich dich töte. Das wirst du nie vergessen!“

Cilla erstarrte, verwünschte sich dafür und unterbrach ihn mitten in einem Schwall von Obszönitäten. Durch äußerste Selbstkontrolle verhinderte sie, dass ihre Stimme zitterte. „Wow! Da scheint wohl jemand heute Nacht ein wenig sauer zu sein. Hören Sie, wenn das Officer Marks war, ich schwöre, ich bezahle diese Strafzettel wegen falschen Parkens. Und jetzt kommt der Song für Joyce und Larry.“

Sie ließ Springsteens letzte Hit-Single anlaufen, lehnte sich zurück und nahm die Kopfhörer mit zitternden Händen ab.

Albern. Sie stand auf, um den nächsten Block zusammenzustellen. Nach all diesen Jahren hätte sie nun wirklich nicht über einen obszönen Anruf erschrecken dürfen. Es gab nur selten eine Schicht, in der nicht wenigstens ein solcher Anruf kam. Sie hatte gelernt, mit Sonderlingen, Tobenden, mit Anträgen und Drohungen genauso geschickt umzugehen, wie sie gelernt hatte, das Mischpult zu bedienen.

Das alles gehört zum Job, ermahnte sie sich. Das gehört dazu, wenn man in der Öffentlichkeit steht, besonders während einer Nachtschicht, in der die Verrückten noch verrückter werden.

Doch sie ertappte sich dabei, wie sie über ihre Schulter blickte, durch das dunkle Glas des Studios zu dem trübe erleuchteten Korridor dahinter. Dort waren nur Schatten und Stille. Unter ihrem dicken Sweater fröstelte ihre Haut von kaltem Schweiß. Sie war allein. Völlig allein.

Und der Sender ist abgeschlossen, erinnerte sie sich selbst, während sie den nächsten Titel ansagte. Der Alarm war eingeschaltet. Falls er losging, würden die feinsten Leute von Denver nach der Polizei schreien. Sie war hier so sicher wie in einem Banksafe.

Doch sie starrte auf die blinkenden Lichter am Telefon, und sie hatte Angst.

Es hatte zu schneien aufgehört, aber der Geruch von Schnee hing noch in der kalten Märzluft. Während sie fuhr, hatte Cilla das Fenster zwei Zentimeter weit geöffnet und das Radio auf volle Lautstärke gestellt. Die Verbindung von Wind und Musik beruhigte sie.

Cilla war nicht überrascht, dass Deborah noch wach war und auf sie wartete. Sie bog in die Einfahrt des Hauses, das sie erst vor sechs Monaten gekauft hatte, und stellte mit Ärger und Erleichterung fest, dass alle Lichter brannten.

Ärger, weil es bedeutete, dass Deborah wach geblieben war und sich sorgte. Erleichterung, weil die stille Vorortstraße so leer wirkte und Cilla sich so verletzlich fühlte. Sie schaltete den Motor und zugleich Jim Jacksons sanfte Nachtsendung aus. Beim Einsetzen der totalen Stille schlug ihr das Herz bis zum Hals herauf.

Sich selbst verwünschend, schlug sie die Wagentür zu, wickelte sich in ihren Mantel und jagte die Stufen hinauf. Deborah kam ihr an der Tür entgegen.

„Hey, hast du nicht morgen um neun einen Kurs?" Um Zeit zu gewinnen, schälte Cilla sich aus ihrem Mantel und hängte ihn in den Schrank. Sie roch heiße Schokolade und Möbelpolitur. Es brachte sie zum Seufzen. Deborah stürzte sich immer aufs Putzen, wenn sie angespannt war. „Wieso bist du so spät noch auf?"

„Ich habe es gehört! Cilla, dieser Mann ..."

„Ach, komm schon, Baby." Cilla drehte sich um und schlang die Arme um ihre Schwester. In ihrem schlichten weißen Hausmantel kam Deborah ihr noch immer wie zwölf vor. Es gab niemanden, den Cilla mehr geliebt hätte. „Bloß noch ein harmloser Verrückter in einer irren Welt."

„Er klang nicht harmlos, Cilla." Obwohl sie ein

ganzes Stück kleiner war, hielt Deborah Cilla fest. Es gab eine Ähnlichkeit zwischen ihnen – um den Mund. Beide hatten einen vollen, leidenschaftlichen und störrischen Mund. Doch Deborahs Züge waren weicher, runder, nicht so eckig. Ihre Augen mit den dichten Wimpern waren von einem leuchtenden Blau. Jetzt waren sie von Sorge erfüllt. „Ich finde, du solltest die Polizei verständigen."

„Die Polizei?" Weil ihr diese Möglichkeit überhaupt nicht in den Sinn gekommen war, konnte Cilla lachen. „Ein obszöner Anruf, und du willst mich zu den Cops jagen? Für was für eine Sorte Frau der neunziger Jahre hältst du mich eigentlich?"

Deborah rammte ihre Hände in ihre Taschen. „Das ist kein Scherz."

„Okay, es ist kein Scherz. Aber, Deb, wir wissen doch beide, wie wenig die Polizei wegen eines hässlichen Anrufs bei einem Radiosender mitten in der Nacht unternehmen kann."

Mit einem ungeduldigen Seufzer wandte Deborah sich ab. „Er hat wirklich gefährlich geklungen. Es hat mir Angst eingejagt."

„Mir auch."

Deborahs Lachen kam rasch und klang nur ein wenig gepresst. „Du hast nie Angst."

Ich habe immer Angst, dachte Cilla, lächelte jedoch. „Diesmal schon. Es ist mir so in die Knochen gefahren, dass ich den Verzögerungsschalter nicht rechtzeitig gedrückt habe, so dass der Anruf über den Sender gegangen ist.“ Flüchtig überlegte sie, was für einen Anpfiff sie für diesen kleinen Fehler am nächsten Tag bekommen würde. „Aber er hat nicht noch einmal angerufen, was beweist, dass es eine einmalige Angelegenheit war. Geh ins Bett.“ Sie strich über die dunklen, zerzausten Haare ihrer Schwester. „Du wirst nie die beste Anwältin von Colorado, wenn du die ganze Nacht wach bleibst.“

„Ich gehe, wenn du gehst.“

Obwohl sie genau wusste, dass es noch einige Stunden dauern würde, bis ihr Geist und ihr Körper sich beruhigt hatten, legte Cilla einen Arm um die Schultern ihrer Schwester. „Abgemacht.“

Er hielt den Raum dunkel, abgesehen von ein paar klecksenden Kerzen. Er mochte ihr mystisches, spirituelles Leuchten und ihren träumerisch religiösen Duft. Der Raum war klein, aber er war voll von Erinnerungsstücken – Trophäen aus seiner Vergangenheit. Briefe, Schnappschüsse, eine Ansammlung von kleinen Porzellantieren, vergilbte Bänder. Ein Jagdmesser mit einer langen Klinge lag über seinen Knien, schimmerte matt in dem flackernden Licht. Eine gut geölte 45er Automatik lag neben seinem Ellbogen auf einem gestärkten Häkeldeckchen.

In seiner Hand hielt er ein Bild in einem Rosenholzrahmen. Er starrte darauf, sprach damit, weinte bittere Tränen. Das war der einzige Mensch, den er je geliebt hatte, und alles, was ihm geblieben war, war dieses Bild, das er an seine Brust drückte.

John. Unschuldiger, vertrauensseliger John. Betrogen von einer Frau. Benutzt von einer Frau. Verraten von einer Frau.

Liebe und Hass verbanden sich, während er sich vor und zurück wiegte. Sie würde bezahlen. Sie würde den höchsten Preis bezahlen. Aber zuerst wollte er sie leiden lassen.

Der Anruf – ein einzelner hässlicher Anruf – kam jede Nacht. Am Ende der Woche war Cilla mit ihren Nerven am Ende. Sie konnte nicht mehr darüber scherzen, weder in der Sendung noch außerhalb. Sie war nur dankbar, dass sie inzwischen seine Stimme erkannte, diese raue, zum Zerreißen angespannte Stimme mit der unterschwelligen Wut, und sie unterbrach die Verbindung schon nach den ersten Worten.

Dann saß sie da, gepeinigt von dem Wissen, dass er wieder anrufen würde, dass er da war, direkt auf der anderen Seite eines dieser blinkenden Lichter, bereit, sie zu quälen.

Was hatte sie bloß getan?

Nachdem sie um zwei Uhr nachts die aufgezeichneten Nachrichten und die Werbespots eingelegt hatte, stützte Cilla ihre Ellbogen auf den Tisch und ließ den Kopf in ihre Hände sinken. Sie schlief selten gut und tief, und in der letzten Woche hatte sie kaum richtig geschlafen. Sie wusste, dass man es allmählich merkte, an ihren Nerven, ihrer Konzentration.

Was hatte sie bloß getan?

Die Frage verfolgte sie. Was konnte sie bloß getan haben, dass jemand sie hasste? Sie hatte den Hass in der Stimme erkannt, den tief sitzenden Hass. Sie wusste, dass sie manchmal mit Leuten kurz angebunden und ungeduldig sein konnte. Es gab auch Gelegenheiten, bei denen sie taktlos war. Aber sie hatte nie absichtlich jemanden verletzt. Wofür sollte sie bezahlen? Welches Verbrechen – real oder eingebildet – hatte sie begangen, dass jemand seine Rache gegen sie richtete?

Aus den Augenwinkeln heraus sah sie seine Bewegung. Einen Schatten zwischen den Schatten auf dem Korridor. Panik schoss in ihr hoch, und sie sprang auf und stieß sich die Hüfte an der Mischkonsole. Die Stimme, die sie vor knapp zehn Minuten abgeschnitten hatte, echote noch in ihrem Kopf. Starr vor Angst beobachtete sie, wie sich der Knauf an der Studiotür drehte.

Es gab kein Entkommen. Mit trockenem Mund machte sie sich auf einen Kampf gefasst.

„Cilla?“

Mit hämmerndem Herzen sank sie langsam auf ihren Stuhl und verwünschte ihre Nerven. „Mark!“

„Tut mir Leid, ich habe Sie wohl erschreckt.“

„Bloß zu Tode.“ Es kostete sie Anstrengung, den Manager des Senders anzulächeln. Er war Mitte dreißig, und er war schlichtweg sagenhaft. Seine dunklen Haare waren sorgfältig gestylt, ziemlich lang und ließen sein glattes, gebräuntes Gesicht jünger erscheinen. Wie stets gab er sich betont hip. „Was machen Sie hier um diese Zeit?“

„Wir müssen mehr tun, als nur über diese Anrufe zu sprechen.“

„Wir hatten erst vor zwei Tagen eine Besprechung. Ich sagte Ihnen ...“

„Sie sagten mir", stimmte er zu. „Es ist Ihre Art, mir und allen anderen etwas zu sagen."

„Ich nehme keinen Urlaub." Sie wirbelte mit ihrem Stuhl zu ihm herum. „Ich habe keinen Platz, wo ich hinfahren könnte."

„Jeder hat einen Platz, wo er hinfahren kann." Er hob eine Hand, bevor sie sprechen konnte. „Ich diskutiere über diesen Punkt nicht mehr. Ich weiß, dass es für Sie schwer zu schlucken ist, aber ich bin der Boss."

Sie zerrte an dem Saum ihres Sweatshirts. „Was werden Sie denn machen? Mich feuern?"

Er wusste nicht, dass sie bei dieser Herausforderung den Atem anhielt. Obwohl er seit Monaten mit ihr zusammenarbeitete, hatte er ihre Oberfläche nie tief genug angekratzt, um herauszufinden, wie wackelig ihr Selbstwertgefühl war. Hätte er ihr jetzt gedroht, hätte sie kapituliert. Er wusste jedoch nur, dass ihre Sendung neues Leben in den Sender gepumpt hatte. Die Einschaltquoten schossen nach oben.

„Das würde doch keinem von uns nützen." Während sie den angehaltenen Atem ausstieß, legte er seine Hand auf ihre Schulter. „Sehen Sie, ich mache mir Sorgen um Sie, Cilla. Wir alle tun das."

Es rührte sie, und wie immer überraschte es sie. Der redet doch nur. Im Moment wenigstens. Sie rollte ihren Stuhl zu den Plattenspielern und bereitete den nächsten Musikblock vor.

„Ich sehe nicht zu, wie jemand von meinen Leuten bedrängt wird. Ich habe die Polizei gerufen."

Sie sprang von ihrem Stuhl hoch. „Verdammt, Mark! Ich sagte Ihnen ..."

„Sie sagten mir." Er lächelte. „Fangen wir doch nicht wieder so an. Sie sind wertvoll für den Sender. Und ich würde uns gern als Freunde betrachten."

Sie setzte sich und streckte ihre in Stiefeln steckenden Füße von sich. „Sicher. Warten Sie." Um Konzentration bemüht, ging sie mit einer Senderangabe und dem Intro für den nächsten Song auf Sendung. Sie deutete auf die Uhr. „Sie haben drei Minuten und fünfzehn Sekunden, um mich zu überzeugen."

„Sehr einfach, Cilla. Was dieser Kerl macht, verstößt gegen das Gesetz. Ich hätte mich nie von Ihnen dazu überreden lassen dürfen, es so lange hinzunehmen."

„Wenn wir ihn ignorieren, wird er aufhören."

„Auf Ihre Art klappt das nicht." Er legte erneut eine Hand auf ihre Schulter und massierte geduldig ihre verspannten Muskeln. „Also versuchen wir es auf meine Art. Entweder sprechen Sie mit den Cops, oder Sie nehmen außer der Reihe Urlaub."

Geschlagen blickte sie hoch und schaffte ein Lächeln. „Schubsen Sie Ihre Frau auch so herum?"

„Ständig." Er grinste, beugte sich herunter und drückte ihr einen Kuss auf die Stirn. „Sie liebt das."

„Entschuldigung."

Cilla zuckte zurück und erkannte, dass man das leicht mit schlechtem Gewissen verwechseln konnte. Die beiden Personen in der Tür der Sendekabine betrachteten sie mit professioneller Distanziertheit.

Die Frau wirkte wie ein Modefoto, mit einer Flut von dunkelroten Haaren, die ihr bis auf die Schultern flossen, und kleinen eleganten Saphiren in ihren Ohren, die farblich zu ihren Augen passten. Sie hatte die zarte Porzellanhaut einer echten Rothaarigen, besaß einen kleinen, kompakten Körper und trug ein gut geschnittenes Kleid in wilden Blau- und Grüntönen.

Der Mann neben ihr sah aus, als hätte er gerade einen Monat lang Vieh über die Prärie getrieben. In seinen zerzausten, blonden Haaren leuchteten sonnengebleichte Strähnchen, und sie fielen über den Kragen eines blauen Jeanshemdes. Seine Jeans war abgewetzt, saß tief auf den Hüften und schmiegte sich, an den Säumen ausgefranst, um lange Beine. Er lehnte schlaksig im Türrahmen, während die Frau Haltung angenommen hatte. Seine Stiefel waren verschrammt, aber er trug ein klassisch geschnittenes Tweedjackett über seinem zerknitterten Hemd.

Er lächelte nicht. Cilla ertappte sich dabei, wie sie ihn anstarrte und sein Gesicht länger als nötig betrachtete. Seine Wangen fielen ein, und er hatte ein ganz leichtes Grübchen am Kinn. Seine gebräunte Haut spannte sich über den Knochen seines Gesichts, und sein noch immer nicht lächelnder Mund war breit und fest. Seine Augen waren von einem klaren Smaragdgrün und so eindringlich auf ihr Gesicht gerichtet, dass sie unruhig wurde.

„Mr. Harrison." Die Frau sprach zuerst. Cilla dachte, dass in ihren Augen Belustigung flackerte, als sie vortrat. „Ich hoffe, wir haben Ihnen genug Zeit gelassen."

Cilla warf Mark einen mörderischen Blick zu. „Sie haben mir gesagt, Sie hätten sie gerufen. Sie haben mir nicht gesagt, dass sie schon draußen warten."

„Jetzt wissen Sie es." Er ließ seine Hand auf ihrer

Schulter liegen, jetzt allerdings mehr zum Bändigen und weniger zum Trösten. „Das ist Miss O'Roarke."

„Ich bin Detective Grayson. Das ist mein Partner, Detective Fletcher."

„Vielen Dank, dass Sie gewartet haben." Mark winkte sie und ihren Partner herein. Der Mann stieß sich träge vom Türrahmen ab.

„Detective Fletcher und ich sind daran gewöhnt. Wir könnten etwas mehr Informationen gebrauchen."

„Wie Sie wissen, hat Miss O'Roarke hier im Sender mehrere beunruhigende Anrufe erhalten."

„Vulgäre Anrufe", warf Cilla ein, verärgert, weil über ihren Kopf hinweg gesprochen wurde. „Mark hätte Sie damit nicht belästigen sollen."

„Wir werden dafür bezahlt, belästigt zu werden." Boyd Fletcher stützte seine schmale Hüfte gegen den Tisch. „Hier arbeiten Sie also."

In seinen Augen schimmerte gerade genug Unverschämtheit, dass ihre Nackenhaare sich aufstellten. „Ich wette, Sie sind ein verteufelt guter Detective."

„Cilla." Mark, müde und sich wünschend, zu Hause bei seiner Frau zu sein, sah sie finster an. „Wir wollen doch zusammenarbeiten." Er ignorierte sie wieder und wandte sich an die Detectives. „Die Anrufe begannen während der Sendung am letzten Dienstag. Keiner von uns hat groß darauf geachtet, aber sie gingen weiter. Der letzte kam heute um null Uhr fünfunddreißig."

„Haben Sie Aufnahmen?" Althea Grayson hatte bereits ihr Notizbuch hervorgezogen.

„Ich habe nach dem dritten Anruf begonnen, mitzuschneiden." Bei Cillas überraschtem Blick zuckte Mark bloß die Schultern. „Eine Vorsichtsmaßnahme. Ich habe die Bänder in meinem Büro."

Boyd nickte Althea zu. „Geh mit. Ich nehme Miss O'Roarkes Aussage auf."

„Zusammenarbeiten", sagte Mark zu Cilla und führte Althea hinaus.

In der eintretenden Stille klopfte Cilla eine Zigarette aus ihrer dünner werdenden Packung und steckte sie mit raschen, ruckartigen Bewegungen an. Boyd sog den Duft verlangend ein. Er hatte erst vor sechs Wochen, drei Tagen und zwölf Stunden aufgehört.

„Langsamer Tod", bemerkte er.

Cilla betrachtete ihn durch den Rauch. „Sie wollten eine Aussage."

„Ja." Neugierig griff er nach einem der Schalter,

um damit zu spielen. Automatisch schlug sie seine Finger zur Seite.

„Hände weg."

Boyd grinste. Er hatte das eindeutige Gefühl, dass sie von sich selbst genau wie von ihren Geräten sprach.

Sie legte einen bekannten Hit auf. Nachdem sie ihr Mikro aufgezogen hatte, sagte sie den gerade ausklingenden Song ab – den Titel, den Künstler, die Senderkennung und ihren Namen. In einem lässigen Rhythmus leitete sie zu dem nächsten Song über. „Bringen wir es schnell hinter uns", sagte sie zu ihm. „Ich mag keine Gesellschaft während meiner Schicht."

„Sie sind nicht ganz das, was ich erwartet habe."

„Wie bitte?"

Nein, wirklich nicht, dachte er. Sie war verdammt viel mehr, als er erwartet hatte. „Ich habe Ihre Sendung gehört", meinte er leichthin. „Ein paar Mal." Mehr als ein paar Mal. Er hatte mehr als ein paar Stunden Schlaf verloren, indem er dieser Stimme zugehört hatte. Flüssiger Sex. „Ich habe mir ein Bild gemacht, wissen Sie. Einssiebzig." Er ließ seinen Blick beiläufig von ihrem Scheitel über ihren Körper bis zur Sohle ihrer Stiefel gleiten. „Ziemlich gut geschätzt. Aber ich habe Sie als Blondine gesehen, Haare bis zur Taille, blaue Augen, große ... Persönlichkeit." Er grinste wieder und genoss den Ärger in ihren Augen. Große braune Augen, wie er feststellte. Eindeutig anders und viel ansprechender als seine Fantasie.

„Tut mir Leid, Sie zu enttäuschen."

„Ich sagte nicht, dass ich enttäuscht bin."

Sie nahm einen langen, bedächtigen Zug und blies den Rauch dann absichtlich in seine Richtung. Wenn sie etwas konnte, dann war es, einen aufdringlichen Mann zu entmutigen.

„Wollen Sie nun eine Aussage oder nicht, Schlaukopf?"

„Deshalb bin ich hier." Er holte einen Block und einen Bleistiftstummel aus seiner Jackentasche. „Los."

In knappen, leidenschaftslosen Worten ging sie jeden Anruf durch, nannte die Zeiten, beschrieb den Inhalt. Dabei arbeitete sie weiter, schob Kassetten mit Werbeeinschaltungen ein, sagte eine CD an, tauschte die Alben aus und suchte neue heraus.

Boyd hob die Augenbrauen, während er schrieb. Er würde sich natürlich die Bänder anhören, aber er hatte das Gefühl, dass sie ihm wortwörtlich alles wiedergab. In seinem Job hatte er Hochachtung vor einem guten Gedächtnis.

„Sie sind jetzt schon wie lange in der Stadt? Sechs Monate?"

„Mehr oder weniger."

„Irgendwelche Feinde gemacht?"

„Einen Vertreter, der mir eine Enzyklopädie andrehen wollte. Ich habe ihm die Tür vor den Kopf geknallt."

Boyd schoss ihr einen Blick zu. Sie versuchte, es leicht klingen zu lassen, aber sie hatte ihre Zigarette ausgedrückt und kaute jetzt auf ihrem Daumennagel. „Irgendwelche Liebhaber abserviert?"

„Nein."

„Haben Sie einen?"

Zorn blitzte wieder in ihren Augen auf. „Sie sind der Detective. Finden Sie es doch heraus."

„Würde ich auch – wenn es persönlich wäre." Seine Augen richteten erneut einen so direkten, so vollständig persönlichen Blick auf sie, dass sie feuchte Hände bekam. „Im Moment mache ich nur meinen Job. Eifersucht und Zurückweisung sind starke Motive. Laut Ihrer Aussage hatten die meisten seiner Worte mit Ihren sexuellen Gewohnheiten zu tun."

Unverblümtheit mochte ihre starke Seite sein,

aber sie wollte ihm nicht eröffnen, dass ihre einzige sexuelle Gewohnheit die Enthaltsamkeit war. „Ich habe im Moment keine Beziehung", erklärte sie ruhig.

„Gut." Ohne hochzublicken, machte er sich noch eine Notiz. „Das war eine persönliche Bemerkung."

„Hören Sie, Detective ..."

„Kühlen Sie sich ab, O'Roarke", sagte er sanft. „Es war eine Bemerkung, kein Antrag." Seine dunklen, geduldigen Augen schätzten sie ein. „Ich bin im Dienst. Ich brauche eine Liste der Männer, mit denen Sie auf persönlicher Ebene Kontakt hatten. Halten wir uns vorerst an die letzten sechs Monate. Den Vertreter können Sie weglassen."

„Ich habe keine Beziehung." Sie ballte die Fäuste, während sie aufstand. „Ich hatte auch keine. Ich habe auch nicht das Verlangen nach einer Beziehung."

„Niemand hat jemals behauptet, Verlangen könnte nicht einseitig sein." In diesem Moment war er verdammt sicher, dass sein Verlangen sehr einseitig war.

Sie war plötzlich unbeschreiblich müde, fuhr sich mit den Fingern durch die Haare und rang um Geduld. „Jeder muss doch erkennen, dass dieser Kerl sich an eine Stimme aus dem Radio gehängt hat. Er kennt mich nicht einmal. Wahrscheinlich hat er mich auch nie gesehen. Er hat sich ein Bild von mir gemacht", warf sie ihm seine eigenen Worte zurück an den Kopf. „Mehr bin ich nicht für ihn. In diesem Job passiert das ständig. Ich habe nichts getan."

„Das habe ich auch nicht behauptet."

In seiner Stimme schwang jetzt kein spöttischer Ton mit. Die plötzliche Sanftheit darin ließ Cilla herumwirbeln und heftig gegen die drohenden Tränen anblinzeln. Überarbeitet, sagte sie sich. Überdreht. Über... alles Mögliche. Mit dem Rücken zu ihm kämpfte sie um Selbstbeherrschung.

Tough, dachte er. Sie war eine toughe Lady. Die Art, wie sie ihre Hände an den Seiten ballte, während sie mit ihren Emotionen kämpfte, war viel ansprechender, viel sexier, als gebrochene Seufzer und hilflose Gesten je hätten sein können.

Er wäre gern zu ihr gegangen, hätte gern ein tröstendes Wort gesagt oder mit der Hand über ihr Haar gestrichen. Aber wahrscheinlich hätte sie ihm glatt die Hand abgebissen.

„Ich möchte, dass Sie über die letzten paar Monate nachdenken. Vielleicht fällt Ihnen etwas ein, auch wenn es klein und unbedeutend ist, das uns weiterbringt." Sein Ton hatte sich wieder verändert, war jetzt knapp. Knapp und frei von Gefühlen. „Wir können nicht jeden Mann im Großraum Denver verhören. So klappt das nicht."

„Ich weiß, wie Cops arbeiten."

Er zog die Augenbrauen bei der Bitterkeit in ihrer Stimme zusammen. Da steckte noch mehr dahinter, aber jetzt war nicht der richtige Zeitpunkt, um nachzuhaken.

„Sie würden die Stimme wieder erkennen, wenn Sie sie hören?"

„Ja."

„Irgendetwas Bekanntes daran?"

„Nichts."

„Glauben Sie, die Stimme war verstellt?"

Sie bewegte unruhig die Schultern, hatte sich jedoch unter Kontrolle, als sie sich wieder an ihn wandte. „Er spricht unterdrückt und leise. Es ist ... äh ... wie ein Zischen."

„Haben Sie was dagegen, wenn ich morgen während der Sendung hier drinnen sitze?"

Cilla warf ihm einen langen Blick zu. „Eine ganze Menge."

Er neigte den Kopf. „Dann gehe ich eben zu Ihrem Boss."

Gereizt griff sie nach ihren Zigaretten. Er legte seine harte Hand auf ihre. Sie blickte auf ihre miteinander verschlungenen Finger, geschockt, weil ihr Puls sein Tempo bei der Berührung verdoppelt hatte.

„Lassen Sie mich meinen Job machen, Cilla. Es wird rundherum leichter, wenn Sie Detective Grayson und mich die Dinge in die Hand nehmen lassen."

„Niemand nimmt mein Leben in die Hand." Sie riss ihre Hand zurück und steckte sie entschlossen in die Tasche.

„Nur einen kleinen Teil davon." Bevor sie ihn daran hindern konnte, schob er ihr die Haare hinter das Ohr. „Gehen Sie heim und schlafen Sie. Sie sehen kaputt aus."

Sie wich zurück und zwang sich zum Lächeln. „Danke, Schlaukopf. Ich fühle mich schon viel besser."

Obwohl sie ihm grollte, konnte sie nicht verhindern, dass er sie erwartete, sobald sie sich abgemeldet und das Studio an den Nachtmoderator übergeben hatte. Ihr Mangel an Begeisterung hinderte ihn auch nicht daran, sie nach draußen zu ihrem Wagen zu begleiten, sie daran zu erinnern, dass sie ihre Tür abschloss, und zu warten, bis sie weggefahren war. Irritiert von der Art, wie er sie angesehen hatte – und wie sie reagiert hatte –, beobachtete sie ihn im Rückspiegel, bis er nicht mehr zu sehen war.

„Das hat mir gerade noch gefehlt“, murmelte sie. „Ein Cowboy-Cop.“

Sekunden später gesellte Althea sich zu Boyd auf dem Parkplatz. Sie hatte die Bänder und Marks Aussage in der Tasche. „Also, Fletcher ...“ Sie legte ihm freundschaftlich die Hand auf die Schulter. „Wie lautet das Urteil?“

„Sie ist hart wie Stahl, starrsinnig und stachelig wie ein Kaktus.“ Mit den Händen in den Taschen wippte er auf den Zehenspitzen. „Ich schätze, das muss Liebe sein.“

2. KAPITEL

Sie war gut, fand Boyd, während er seinen bitteren Kaffee trank und Cilla bei der Arbeit beobachtete. Sie bediente das Mischpult mit einer automatischen Leichtigkeit, die lange Erfahrung verriet – schaltete auf Musik, auf aufgezeichnete Ankündigungen, auf ihr eigenes Mikro. Ihr Timing war perfekt, ihre Präsentation glatt. Und ihre Fingernägel waren total heruntergekaut.

Sie war ein Nervenbündel und voller Feindseligkeit. Die Nervosität versuchte sie zu verstecken. Bei der Feindseligkeit gab sie sich keine Mühe. In den zwei Stunden, die sie jetzt zusammen in der Kabine waren, hatte sie kaum ein Wort mit ihm gesprochen. Gar nicht so einfach, wo der Raum doch knapp drei mal drei Meter maß.

Ihm war's egal. Als Cop war er daran gewöhnt, irgendwo zu sein, wo er nicht erwünscht war. Und er war gerade widerborstig genug, um es zu genießen.

Er mochte seinen Job. Ärger, Feindseligkeit und Streitlust störten ihn nicht. Mit negativen Empfindungen wurde man viel leichter fertig als mit einer 45er-Kugel. Er hatte beides schon ausprobiert.

Obwohl ihm die Bezeichnung Philosoph nicht

gefallen hätte, war es seine Gewohnheit, alles bis auf den Grund zu analysieren. Die Ursache dafür war ein elementarer Glaube an richtig und falsch. Oder – obwohl er gezögert hätte, es so zu formulieren – an Gut und Böse.

Boyd war klug genug zu wissen, dass Verbrechen sich oft lohnten, sogar sehr gut lohnten. Genugtuung bereitete ihm dabei seine Rolle, dafür zu sorgen, dass sie sich nicht lange lohnten. Er war ein geduldiger Mann. Ob es sechs Stunden oder sechs Monate dauerte, um einen Täter zur Strecke zu bringen, das Ergebnis war das gleiche. Die Guten gewannen.

Er streckte seine langen Beine aus und blätterte weiter in seinem Buch, während Cillas Stimme ihn umgarnte. Ihre Stimme ließ ihn an Schaukeln auf Veranden denken, an heiße Sommernächte und die Geräusche eines langsam dahinströmenden Flusses. In direktem Gegensatz dazu standen die von ihr ausgehende Spannung und die rastlose Energie. Er gab sich damit zufrieden, Ersteres zu genießen und sich über Letzteres seine Gedanken zu machen.

Cilla blickte auf ihre Uhr, räusperte sich und schaltete ihr Mikro ein. „Hallo, Denver, hier ist Cilla O'Roarke für KHIP. Sie hören den heißesten Sender in den Rockies. Das ist Ihre Chance, ihn noch heißer zu machen. Unser Wunschtelefon ist offen. Ich spiele, was Sie hören wollen. Rufen Sie mich an unter 555-KHIP, das ist 555-5447."

Ihr Finger zitterte leicht, als sie den ersten erleuchteten Knopf drückte.

„Hier ist Cilla O'Roarke. Sie sind auf Sendung."

„Hi, Cilla, hier ist Bob, unten in Englewood."

Sie schloss die Augen und schauderte vor Erleichterung. Ein regelmäßiger Anrufer. „Hey, Bob. Wie geht's?"

„Großartig. Meine Frau und ich feiern heute Nacht unseren fünfzehnten Hochzeitstag."

„Und alle haben damals gesagt, das wird nicht lange halten. Was kann ich für euch spielen, Bob?"

„Wie wäre es mit ‚Cherish' für Nancy von Bob."

„Gut gewählt. Auf die nächsten fünfzehn Jahre, Bob."

Den Stift in der Hand, nahm sie den zweiten Anruf an, dann den dritten. Boyd beobachtete, wie sie sich nach jedem Anruf mehr verspannte. Sie plauderte und scherzte. Und wurde blasser. In der ersten Unterbrechung zog sie eine Zigarette aus dem Päckchen und fummelte mit einem Streichholz herum. Schweigend nahm Boyd ihr die Streichhölzer ab und zündete eines für sie an.

„Sie halten sich gut.“

Sie nahm einen schnellen, knappen Zug. Geduldig schweigend wartete er auf ihre Antwort. „Müssen Sie mich beobachten?“

„Nein.“ Dann lächelte er. Es war ein langes, träges Lächeln, auf das sie gegen ihren Willen reagierte. „Ein Mann hat ein Recht auf ein paar kleine Vorteile nebenbei.“

„Wenn das hier das Beste ist, was Sie kriegen können, Schlaukopf, sollten Sie sich eine andere Arbeit suchen.“

„Ich mag diese.“ Er stützte seinen Fuß mit dem Knöchel auf sein anderes Knie. „Ich mag sie sehr.“

Cilla fand, dass es einfacher war, sich mit ihm zu unterhalten, als auf die blinkenden Lichter am Telefon zu starren und sich Sorgen zu machen. „Sind Sie schon lange Cop?“

„Geht auf zehn Jahre zu.“

Sie betrachtete ihn und versuchte, sich dadurch zu entspannen, dass sie sich auf sein Gesicht konzentrierte. Er hatte ruhige Augen. Dunkel und ruhig. Augen, die eine Menge gesehen und gelernt hatten, damit zu leben. Er hatte eine stille Kraft an sich von der Art, zu der Frauen – manche Frauen – sich hingezogen fühlten. Er würde beschützen und verteidigen. Er würde keinen Kampf beginnen, aber er würde einen beenden.

Es ging glatt, so glatt, dass sie anfing, sich zu entspannen. Sie nahm Anruf um Anruf entgegen und verfiel in ihren alten, eingespielten Rhythmus. Schrittweise begann sie, die Musik und deren Fluss wieder zu genießen. Die pulsierenden Lichter am Telefon wirkten nicht mehr bedrohlich. Um zwölf Uhr fünfundvierzig war sie sicher, es problemlos zu schaffen.

Nur eine Nacht, sagte sie sich. Wenn er heute Nacht nicht anruft, ist es vorbei. Sie sah auf die Uhr, beobachtete, wie die Sekunden vorbeitickten. Noch acht Minuten, dann übergab sie die Ätherwellen an Jackson, konnte heimfahren, ein langes heißes Bad nehmen und wie ein Baby schlafen.

„KHIP, Sie sind auf Sendung."

„Cilla."

Das zischende Wispern schoss Eis durch ihre Adern. In einem Reflex wollte sie die Verbindung unterbrechen, aber Boyd schlang seine Finger um ihr Handgelenk und schüttelte den Kopf. Einen Moment kämpfte sie gegen die Panik. Seine Hand blieb fest, seine Augen ruhig und beständig.

Boyd beobachtete, wie sie um Selbstkontrolle

kämpfte, bis sie eine Kassette mit Werbung in das Gerät rammte. Die fröhlichen Sprüche wurden gesendet, während sie den Anruf auf die Studiolautsprecher legte.

„Ja.“ Stolz brachte sie dazu, ihre Augen auf Boyd gerichtet zu lassen. „Hier ist Cilla. Was wollen Sie?“

„Gerechtigkeit. Ich will nur Gerechtigkeit.“

„Wofür?“

„Ich will, dass du darüber nachdenkst. Ich will, dass du darüber nachdenkst und dir den Kopf zerbrichst und schwitzt, bis ich zu dir komme.“

„Warum?“ Ihre Hand krümmte sich unter Boyds Fingern. In einer instinktiv beruhigenden Geste verschränkte er seine Finger mit den ihren. „Wer sind Sie?“

„Wer ich bin?“ Es kam ein Lachen, das ihr einen Schauer über den Rücken jagte. „Ich bin dein Schatten, dein Gewissen. Dein Henker. Du musst sterben. Wenn du begreifst, erst wenn du begreifst, werde ich es beenden. Aber das wird nicht schnell gehen. Das wird nicht leicht sein. Du wirst für das bezahlen, was du getan hast.“

„Was habe ich denn getan?“ rief sie. „Um Himmels willen, was habe ich denn getan?“

Er spuckte einen Schwall Obszönitäten aus, der

sie benommen und angeekelt zurückließ, als er die Verbindung unterbrach. Ohne ihre Hand loszulassen, drückte Boyd eine Zahlenreihe am Telefon.

„Habt ihr den Anruf verfolgt?“ fragte er und unterdrückte einen Fluch. „Ja. Gut.“ Ärgerlich legte er den Hörer auf „Nicht lang genug.“ Er berührte Cillas bleiche Wange. „Sind Sie okay?“

Sie konnte ihn wegen des Summens in ihren Ohren kaum hören, nickte jedoch. Mechanisch zog sie ihr Mikro auf und wartete, bis die Werbeeinschaltung ausblendete.

„Das wär's dann für diese Nacht. Es ist ein Uhr siebenundfünfzig. Tina Turner rockt mit Ihnen bis zwei. Mein Freund Jackson wird allen Schlaflosen bis sechs Uhr Gesellschaft leisten. Hier ist Cilla O'Roarke für KHIP. Denk daran, Darling, wenn du von mir träumst, träume gut.“

Fest stieß sie sich von der Mischkonsole ab. Sie brauchte nur aufzustehen, sagte sie zu sich selbst. So einfach war das. Sie tat es jede Nacht ihres Lebens. Aber sie blieb sitzen. Sie blieb sitzen, weil sie Angst hatte, ihre Beine würden sie nicht tragen.

Jackson kam durch die Tür herein und blieb zögernd stehen. Er trug eine Baseballmütze, um seine verheilende Haartransplantation zu verdecken.

„Hey, Cilla." Er blickte von ihr zu Boyd und zu ihr zurück. „Harte Nacht, wie?"

Cilla raffte sich auf und klebte ein sorgloses Lächeln in ihr Gesicht. „Ich hatte schon bessere." Jeden Muskel angespannt, stemmte sie sich hoch. „Ich habe die Hörer für dich angewärmt, Jackson."

„Nimm's leicht, Kleines."

„Na klar." Das Summen in ihren Ohren wurde lauter, als sie die Kabine verließ, um ihren Mantel vom Ständer zu holen. Die Korridore waren dunkel, und nur von der Lobby fiel ein schwacher Lichtschimmer von der Sicherheitsbeleuchtung herein. Desorientiert blinzelte sie. Sie bemerkte es nicht einmal, als Boyd sie am Arm ergriff und nach draußen führte.

Die kalte Luft half. Sie machte lange, durstige Züge und stieß sie wieder in dünnen weißen Dampfwolken aus. „Mein Wagen ist da drüben", sagte sie, als Boyd sie zum entgegengesetzten Ende des Platzes zog.

„Sie sind nicht in der Verfassung zu fahren."

„Es geht mir gut."

„Fantastisch. Dann gehen wir tanzen."

„Hören Sie ..."

„Nein, Sie hören." Er war zornig, wütend. Er

hatte es bis zu diesem Moment nicht bemerkt. Sie zitterte, und trotz des eisigen Windes waren ihre Wangen totenblass. Das Abhören der Bänder war nicht das Gleiche gewesen wie das Dabeisein, als der Anruf kam, zu sehen, wie das Blut aus ihrem Gesicht wich und ihre Augen glasig vor Entsetzen wurden, ohne dass er etwas tun konnte, um es zu verhindern. „Sie sind reif zum Wegschmeißen, O'Roarke, und ich lasse Sie nicht hinter das Lenkrad eines Autos." Er blieb neben seinem Wagen stehen und riss die Tür auf. „Steigen Sie ein. Ich bringe Sie nach Hause."

Sie warf ihre Haare mit einer Kopfbewegung zurück. „Der Wahlspruch ‚Dienen und Schützen', richtig?"

„Sie haben es kapiert. Jetzt steigen Sie ein, bevor ich Sie wegen Herumhängens verhafte."

Weil ihre Knie sich wie Gelee anfühlten, gab sie nach. Sie wollte schlafen, allein in einem kleinen, stillen Raum. Sie wollte schreien. Noch schlimmer, sie wollte weinen. Stattdessen wandte sie sich an Boyd, sobald er sich auf den Fahrersitz schob.

„Wissen Sie, was ich noch mehr hasse als Cops?"

„Vermutlich werden Sie es mir sagen."

„Männer, die Frauen herumkommandieren, weil sie Männer sind. Ich halte das nicht für kulturelle

Zurückgebliebenheit, sondern schlicht für Dummheit. Wie ich das sehe, sind das zwei Punkte, die gegen Sie sprechen, Detective."

Er beugte sich zu ihr und drängte sie bewusst auf ihrem Sitz zurück. Für einen Moment bezog er enorme Genugtuung daraus, wie sich ihre Augen überrascht weiteten und ihre Lippen sich in einem erstickten Protest öffneten. Die Genugtuung wäre noch größer gewesen, hätte er seinem Impuls nachgegeben und diesen sturen, frechen Mund mit seinen Lippen verschlossen. Er war sicher, sie würde genauso schmecken, wie sie klang – heiß, sexy und gefährlich.

Stattdessen zog er den Sitzgurt um sie herum und ließ ihn einschnappen.

Sie stieß den Atem heftig aus, als er sich wieder dem Lenkrad zuwandte. Als er in ihre Einfahrt bog, ließ sie schon ihren Sicherheitsgurt aufschnappen. „Danke fürs Mitnehmen, Schlaukopf."

Bevor sie zu ihrer Tür jagen konnte, war er neben ihr. „Ich brauche Ihre Schlüssel."

Sie hatte sie bereits in der Hand und umklammerte sie. „Wozu?"

„Damit ich Ihnen morgen Ihren Wagen bringen lassen kann."

Sie klapperte mit den Schlüsseln und runzelte die Stirn, während sie unter dem Licht über der Haustür stand. Boyd fragte sich, wie es wohl war, sie nach einer normalen Verabredung heimzubringen. Dann würde er seine Hände bestimmt nicht in den Taschen lassen, und er würde bestimmt diesem Verlangen nachgeben und sie vor der Tür küssen.

Von wegen vor der Tür. Er wäre mit ihr schon durch die Tür. Und dann hätte es als Abschluss des Abends mehr als einen Gutenachtkuss gegeben.

Aber es war keine Verabredung. Und jeder Narr konnte erkennen, dass es zwischen ihnen nichts annähernd Normales geben würde. Irgendetwas schon, das versprach er sich selbst. Aber nichts, das auch nur entfernt nach Normalität aussah.

„Schlüssel!" wiederholte er.

Nachdem sie ihre Möglichkeiten durchgespielt hatte, entschied Cilla, dass dies das Beste war. Vorsichtig löste sie einen einzelnen Schlüssel von dem Ring, der wie ein großer Notenschlüssel geformt war. „Danke."

„Warten Sie." Er stützte die Hand gegen die Tür, nachdem sie aufgeschlossen hatte. „Sie bitten mich nicht auf eine Tasse Kaffee hinein?"

Sie wandte nur den Kopf. „Nein."

Sie duftet wie die Nacht, dachte er. Dunkel, tief, gefährlich. „Das ist rundheraus unfreundlich."

Humor flackerte wieder auf. „Ich weiß. Bis dann."

Boyd wühlte in den Papieren auf seinem Schreibtisch und runzelte finster die Stirn. Der O'Roarke-Fall war sicher nicht seine einzige Aufgabe, aber er konnte seine Gedanken nicht davon weglenken. Nicht von O'Roarke, dachte er und wünschte sich kurz, aber heftig eine Zigarette.

Der alte Cop, der einen Meter von ihm entfernt saß, rauchte wie ein Schlot, während er mit einem Informanten redete. Boyd atmete tief ein und wünschte sich, den Rauch so hassen lernen zu können wie andere Nichtraucher.

Stattdessen marterte er sich weiterhin damit, dass er den verführerischen Duft einsog – diesen und weniger ansprechende Gerüche eines Polizeireviers. Überhitzten Kaffee, überhitzte Haut, billiges Parfüm, das zwei Straßenmädchen umgab.

Es half ihm nichts, dass in den vergangenen drei Tagen Priscilla Alice O'Roarke wie ein Stachel in seinen Gedanken gesteckt hatte. Keine Anstrengung reichte aus, um sie abzuschütteln. Das mochte daher kommen, dass seine Partnerin und er Stunden mit ihr während der Sendung in der Kabine verbracht hatten. Es mochte daher kommen, dass er sie ohne ihre Abwehr gesehen hatte. Es mochte daher kommen, dass er flüchtig ihre kurze Reaktion auf ihn verspürt hatte.

Es mochte daher kommen ... oder auch nicht.

Er war kein Mann, dessen Ego leicht durch die Zurückweisung einer Verabredung beschädigt wurde. Er wusste, dass er nicht jeder Frau gefallen konnte. Die Tatsache, dass er in seinen dreiunddreißig Jahren einer gehörigen Anzahl Frauen gefallen hatte, reichte ihm.

Das Problem war, dass er sich auf eine Frau fixiert hatte und sie nichts von ihm wissen wollte.

Er konnte damit leben.

Tatsache war, dass er einen Job zu erledigen hatte. Er hielt Cillas Lebenslauf in Händen. Ein interessantes Stück, genau wie die Frau selbst. Er zeigte ihren Weg von einem winzigen Nest in Georgia zu einem größeren Sender in Atlanta, dann nach Richmond, St. Louis und Chicago, bevor sie – offensichtlich mit den Füßen voran – bei KHIP in Denver gelandet war.

Die Lady zieht gern um, dachte er. Oder musste

sie davonlaufen? Er wollte sich die Antwort direkt an der Quelle holen.

„Interessante Lektüre?“ Althea lehnte sich gegen seinen Schreibtisch. Nicht einer auf diesem Revier hätte es gewagt, wegen ihrer Beine zu pfeifen. Aber viele sahen hin.

„Cilla O’Roarke.“ Er warf den Lebenslauf auf den Tisch. „Welcher Eindruck?“

„Toughe Lady.“ Sie hatte Boyd oft wegen seiner Faszination für die schwüle Stimme aus dem Radio aufgezogen. „Macht alles gern auf ihre Art. Smart und professionell.“

Er griff nach einer Tüte mit gebrannten Mandeln und schüttelte eine in seine Hand. „Das habe ich alles schon selbst herausgefunden.“

„Na, dann hör dir das an.“ Althea griff nach der Tüte und wählte sorgfältig eine der schimmernden Mandeln aus. „Sie hat Angst bis aufs Mark und einen Minderwertigkeitskomplex eine Meile breit.“

„Minderwertigkeitskomplex!“ Boyd schnaubte kurz und stieß seinen Stuhl zurück. „Nie im Leben.“

Mit der gleichen Sorgfalt wählte Althea eine zweite Mandel. „Sie versteckt ihn hinter ein Meter dicken Stahlwänden, aber er ist da. Weibliche Intuition, Fletcher. Das ist ja dein verdammtes Glück, dass du mich hast."

Boyd entriss ihr die Tüte, weil er wusste, dass Althea sich methodisch bis zum letzten Stück durcharbeiten würde. „Wenn diese Frau unsicher ist, fresse ich meinen Hut."

„Du hast keinen Hut."

„Ich besorge mir einen und fresse ihn." Er vergaß die Instinkte seiner Partnerin und deutete auf die Unterlagen. „Da unser Mann nicht aufhört, müssen wir losmarschieren und ihn aufspüren."

„Die Lady ist bezüglich ihrer Vergangenheit nicht sehr aufgeschlossen."

„Dann drängen wir eben."

Althea überlegte einen Moment. „Willst du eine Münze werfen? Es ist nämlich ziemlich wahrscheinlich, dass sie zurückdrängen wird."

Boyd grinste. „Damit rechne ich."

„Heute Nacht bist du dran, in der Sendekabine auf den Anrufer zu warten."

„Dann fängst du mit Chicago an." Er reichte ihr die Akte. „Wir haben den Manager des Senders, den Vermieter." Er überflog selbst das Blatt. Er wollte weiter über das hinausgehen, was hier stand, aber er wollte bei den Fakten beginnen. „Setze deine süße überzeugende Stimme ein, dann werden sie alles ausspucken, was sie wissen."

„Das haben schon Tausende getan." Sie sah kurz auf, als ein Kollege einen fluchenden Verdächtigen mit einer blutenden Nase auf einen Stuhl in der Nähe schob. Es gab ein kurzes Handgemenge und einen Schwall von Flüchen, gefolgt von leise gemurmelten Drohungen. „Himmel, wie ich diesen Ort hier liebe."

„Ja, nichts geht über ein gemütliches Zuhause." Er schnappte sich den Rest seines Kaffees, bevor seine Partnerin danach greifen konnte. „Ich arbeite mich vom anderen Ende vor, von dem ersten Sender, für den sie gearbeitet hat. Thea, wenn wir nicht bald mit etwas aufwarten können, wird uns der Captain zerreißen."

„Dann werden wir eben mit etwas aufwarten. Und nun muss ich mit Cilla zum Sender."

„Hallo, Denver, hier ist Cilla O'Roarke auf Ihrer Station Nummer eins, KHIP. Ich bleibe von zehn bis zwei bei euch. Wir fangen damit an, dass wir einhundertneun Dollar verschenken. Und zwar kommt jetzt der Rätselsong. Wenn Sie mir den Titel, den Sänger und das Jahr nennen, sacken Sie eine Hand voll Bargeld ein. Die Nummer ist 555-5447. Schalten Sie nicht ab, denn jetzt wird gerockt."

Die Musik dröhnte los und erfüllte sie mit Behagen. Sie hatte wieder alles unter Kontrolle.

„Elton John", sagte Boyd hinter ihr. „Honky Cat, neunzehnhundert ... zweiundsiebzig."

Sie drehte sich ihm auf ihrem Stuhl zu. Er wirkte verdammt selbstzufrieden, fand sie. Dieses halbe Grinsen auf seinem Gesicht, die Hände in den Hosentaschen. Es war eine Schande, dass er so attraktiv aussah, eine himmelschreiende Schande. „Aber, aber, Sie überraschen mich, Schlaukopf. Erinnern Sie mich daran, dass ich Sie für ein kostenloses T-Shirt aufschreibe."

„Ein Dinner wäre mir lieber."

„Und mir wäre ein Porsche lieber. Aber so ist das nun mal ... Hey", sagte sie, als er ihre Hand ergriff.

„Sie haben Fingernägel gekaut." Er fuhr mit dem Daumen über ihre Knöchel und sah, wie sich ihre Augen veränderten. „Noch eine schlechte Angewohnheit."

„Ich habe noch eine Menge mehr davon."

„Gut." Anstatt sich in die Ecke zu setzen, wählte er einen Stuhl neben ihr. „Ich hatte keine Zeit, mir ein Buch mitzunehmen", erklärte er. „Ich sehe Ihnen bei der Arbeit zu."

„Warum verschwin..." Sie fluchte und drückte eine Taste. Er hatte sie fast dazu gebracht, ihren Einsatz zu verpassen. „KHIP. Kennen Sie den Rätselsong?"

Erst nach dem fünften Anruf hatte sie einen Gewinner. Sie versuchte, Boyd zu ignorieren, legte die nächste Scheibe auf und notierte Name und Adresse des Gewinners.

Sie schloss die Augen und ließ sich von der Musik durchströmen. Wie immer half es, sie zu beruhigen oder sie aufzubauen oder sie schlicht daran zu erinnern, wie viel Glück sie hatte. Sie war nicht klug und lerneifrig wie Deborah. Sie war nicht so hingebungsvoll, wie ihre Eltern gewesen waren. Sie besaß wenig mehr Ausbildung als gesetzlich vorgeschrieben war, und dennoch war sie hier, wo sie sein wollte, und tat, was sie tun wollte.

Das Leben hatte ihr eine grundlegende Lektion erteilt. Nichts dauerte ewig. Gute Zeiten oder schlechte, sie gingen vorüber. Dieser Albtraum, so schrecklich er im Moment war, würde irgendwann vorbei sein. Sie musste ihn nur durchstehen, einen Tag nach dem anderen.

„Das war Joan Jett, die Sie aufgeweckt hat, während wir uns halb zwölf nähern. Jetzt haben wir gleich für Sie die Nachrichten, und dann kommen Steve Winwood und Phil Collins, die Sie in der nächsten halben Stunde begleiten. Hier ist KHIP, und die Nachrichten werden Ihnen von Wildwood Records präsentiert."

Sie schob eine vorbespielte Kassette ein.

„Vielleicht ruft er heute nicht an."

„Vielleicht."

„Aber Sie glauben es nicht."

„Ich glaube, wir sollten einen Schritt nach dem anderen tun." Er legte seine Hand beruhigend in ihren Nacken. „Ich möchte, dass Sie ruhig bleiben und ihn länger in der Leitung halten. Stellen Sie Fragen. Ganz gleich, was er sagt, fragen Sie immer und immer weiter. Vielleicht gibt er uns mit einer Antwort irgendeinen Hinweis auf seine Identität oder seinen Aufenthaltsort."

Sie nickte und arbeitete sich dann durch die nächsten zehn Minuten. „Ich möchte Ihnen eine Frage stellen", sagte sie endlich.

„In Ordnung."

Sie sah ihn nicht an, sondern nahm den letzten Schluck von dem kalten Drink, um ihre trockene

Kehle anzufeuchten. „Wie lange wird man mir einen Babysitter zugestehen?“

„Darüber brauchen Sie sich keine Sorgen zu machen.“

„Sagen wir mal, ich weiß so einiges darüber, wie die Polizei arbeitet.“ Da schwang er wieder in ihrer Stimme mit, dieser Hauch von Bitterkeit und Bedauern. „Ein paar hässliche Anrufe sorgen nicht für verdammt viel Aufmerksamkeit.“

„Ihr Leben wurde bedroht“, meinte er. „Es hilft, dass Sie eine Berühmtheit sind und dass es auch schon Presseberichte gegeben hat. Ich bleibe Ihnen noch eine ganze Weile erhalten.“

„Kein ungetrübtes Vergnügen“, murmelte sie und eröffnete das Wunschtelefon.

Der Anruf kam, wie sie es eigentlich gewusst hatte, diesmal aber sehr schnell. Bei Anruf Nummer fünf erkannte sie die Stimme, unterdrückte den Drang zu schreien und schaltete auf Musik um. Ohne es zu merken, tastete sie nach Boyds Hand.

„Sie sind hartnäckig, nicht wahr?“

„Ich will, dass du stirbst. Ich bin fast schon bereit.“

„Kenne ich Sie? Ich möchte gern jeden kennen, der mich umbringen will.“

Sie zuckte bei den Schimpfnamen zusammen, die er ihr entgegenspuckte, und versuchte, sich auf den beständigen Druck von Boyds Fingern an ihrem Nacken zu konzentrieren.

„Wow! Sie habe ich aber wirklich verärgert. Wissen Sie, Kumpel, wenn Ihnen meine Sendung nicht gefällt, brauchen Sie nur abzuschalten."

„Du hast ihn verführt." Weinen, angeheizt von Wut, war jetzt zu hören. „Du hast ihn verführt und aufgereizt. Du hast ihm Versprechungen gemacht. Dann hast du ihn ermordet."

„Ich ..." Sie war davon mehr schockiert als von irgendeinem Gossenausdruck, mit dem er sie belegt hatte. „Wen? Ich weiß nicht, wovon Sie sprechen. Bitte, wen ..."

Die Leitung war tot.

Während sie benommen und stumm dasaß, riss Boyd den Hörer an sich. „Glück gehabt? Verdammt." Er stand auf, rammte die Hände in die Hosentaschen und begann hin und her zu laufen. „Zehn Sekunden noch. In zehn Sekunden hätten wir ihn gehabt. Er muss wissen, dass wir angezapft haben." Sein Kopf zuckte herum, als Nick Peters eintrat, überschwappende Kaffeebecher in den Händen. „Was ist?"

„Ich ... ich ... ich ...“ Sein Adamsapfel hüpfte, während er schluckte. „Mark sagte, es geht in Ordnung, wenn ich während der Show hier bleibe.“ Er schluckte noch einmal. „Ich dachte, Cilla will vielleicht Kaffee.“

Boyd deutete mit dem Daumen zum Tisch. „Können Sie ihr durch den Rest der Sendung helfen?“

„Ich brauche keine Hilfe.“ Cillas Stimme war eisig ruhig. „Es geht mir gut, Nick. Machen Sie sich keine Sorgen.“ Ihre Hand war ruhig, als sie nach dem Mikro griff. „Das war für Chuck von Laurie, mit all ihrer Liebe.“ Sie warf einen gelassenen Blick auf Boyd, bevor sie die Taste am Telefon drückte. „KHIP, Sie sind auf Sendung.“

Sie stand es durch. Nur das zählte. Und sie klappte nicht zusammen wie beim letzten Mal. Cilla war dafür dankbar. Sie musste lediglich alles durchdenken.

Sie hatte nicht widersprochen, als Boyd sich ans Steuer ihres Wagens setzte. Ihr Recht auf Autofahren abzugeben, war die kleinste ihrer Sorgen.

„Ich komme mit hinein“, sagte Boyd, nachdem er den Wagen geparkt hatte. Sie zuckte bloß die Schultern und ging zur Tür.

Sehr bewusst hängte sie ihren Mantel auf und zog die Schuhe aus. Dann saß sie da, sagte noch immer nichts und steckte sich eine Zigarette an. Der Streifenwagen vor dem Haus hatte sie erleichtert. Deborah war in Sicherheit und schlief.

Etwas erzitterte in ihr – teils Angst, teils Verlangen. Sie wollte keines von beidem. „Was immer ich auch bin, ich bin keine Verführerin. Das ist Theater, eine Show, und es hat nichts mit Realität zu tun. Mein Exmann wäre der Erste, der Ihnen bestätigt, dass ich nicht einmal Schwung beim Sex habe“, sagte sie.

Seine Augen wurden scharf. „Sie haben nie erwähnt, dass Sie verheiratet waren.“

Und ich hatte es auch nicht vor, dachte Cilla, während sie sich erschöpft durch die Haare fuhr. „Das ist schon eine Million Jahre her. Was spielt das für eine Rolle?“

„Alles spielt eine Rolle. Ich will seinen Namen und seine Adresse.“

„Ich weiß seine Adresse nicht. Wir haben es nicht einmal ein Jahr geschafft. Ich war damals zwanzig, mein Gott.“ Sie begann, sich die Stirn zu reiben.

„Seinen Namen, Cilla.“

„Paul. Paul Lomax. Ich habe ihn seit acht Jahren

nicht gesehen – seit er sich von mir hat scheiden lassen.“ Sie wirbelte zu dem Fenster herum und wieder zurück. „Der Punkt ist doch, dass dieser Kerl falsch liegt. Er hat sich in den Kopf gesetzt, dass ich meine Verführungskünste bei irgendeinem Kerl eingesetzt habe, aber das passt nicht.“

„Er denkt da offenbar anders.“

„Nun, dann denkt er falsch. Ich könnte nicht einmal einen Mann glücklich machen. Also ist es ein Witz zu glauben, ich könnte Legionen verführen.“

„Das ist eine dumme Bemerkung, sogar für Sie.“

„Glauben Sie, ich gebe gern zu, dass ich nur Show mache und im Bett lausig bin?“ Sie unterbrach sich, während sie auf und ab lief. „Der letzte Mann, mit dem ich ausging, sagte, ich hätte Eiswasser anstatt Blut. Aber ich habe ihn nicht umgebracht.“ Sie beruhigte sich ein wenig und fühlte sich gegen ihren Willen erheitert. „Ich habe allerdings daran gedacht.“

„Ich finde, Sie sollten die ganze Sache endlich ernst nehmen. Und ich finde, Sie sollten sich selbst endlich ernst nehmen.“

„Ich nehme mich selbst sehr ernst.“

„Beruflich“, stimmte er zu. „Sie wissen genau,

was Sie zu tun haben und wie Sie es zu tun haben. Privat ... Sie sind die erste Frau, die ich kennen gelernt habe, die freiwillig zugibt, dass sie einen Mann nicht nach ihrer Pfeife tanzen lassen kann."

„Ich bin Realistin."

„Ich glaube, Sie sind ein Feigling."

Ihr Kinn ruckte hoch. „Gehen Sie zum Teufel."

Er musste etwas beweisen, ihnen beiden. „Ich glaube, Sie haben Angst davor, einem Mann nahe zu kommen, Angst davor, herauszufinden, was in ihm ist. Vielleicht würden Sie herausfinden, dass es etwas ist, das Sie nicht kontrollieren können."

„Das brauche ich mir von Ihnen nicht bieten zu lassen. Schaffen Sie mir nur diesen Mann vom Hals." Sie wollte an ihm vorbeistürmen, doch er fing sie am Arm ab.

„Was sagen Sie zu einem Experiment?"

„Einem Experiment?"

„Warum versuchen Sie es nicht, O'Roarke – mit mir? Ich sollte ungefährlich sein, wo Sie doch kaum meinen Anblick ertragen. Ein Test." Er ergriff ihren anderen Arm. „Geringes Risiko." Er fühlte den Zorn in ihr vibrieren, während er sie festhielt. Gut. Aus Gründen, die er noch nicht einmal entfernt klar erkannte, war er genauso wütend. „Fünf zu eins, dass ich überhaupt nichts fühle.“ Er zog sie ein paar Zentimeter näher. „Wollen Sie mir beweisen, dass ich mich täusche?“

3. KAPITEL

Sie waren einander nahe. Cilla hatte eine Hand in einer unbewussten abwehrenden Geste gehoben, und jetzt lagen ihre Finger gespreizt auf seiner Brust. Unter ihrer Handfläche konnte sie Boyds Herzschlag spüren, langsam und gleichmäßig. Sie konzentrierte ihren Ärger auf diesen gelassenen Rhythmus, während ihr eigener Puls stolperte und taumelte.

„Ich brauche Ihnen gar nichts zu beweisen."

Er nickte. Der kaum zurückgehaltene Zorn in ihren Augen war für ihn leichter zu ertragen als die starre Furcht. „Dann beweisen Sie es sich selbst." Er lächelte ganz bewusst, um sie zu ködern. „Was ist los, O'Roarke? Jage ich Ihnen Angst ein?"

Er drückte genau den richtigen Knopf. Sie wussten es beide. Es war ihm egal, ob sie von Ärger getrieben wurde. Hauptsache, sie bewegte sich.

Sie warf ihr Haar zurück und schob langsam, zielstrebig ihre Hand von seiner Brust auf seine Schulter. Zum Teufel mit ihm, aber sie wollte eine Reaktion erzielen. Er hob bloß eine Augenbraue und beobachtete sie mit einem leichten, um seinen Mund spielenden Lächeln.

Er will also Spielchen spielen, dachte sie. Nun, dem war sie gewachsen. Sie ließ ihren klaren Menschenverstand sausen und presste ihre Lippen auf die seinen.

Seine Lippen waren fest und kühl. Und ohne Reaktion. Sie behielt die Augen offen und beobachtete, wie seine Augen geduldig, gelassen und hassenswert amüsiert blieben. Sie ballte ihre Hand auf seiner Schulter zur Faust und riss ihren Kopf zurück.

„Zufrieden?"

„Wohl kaum." Seine Augen mochten ruhig sein. Das war Training. Aber hätte sie sich die Mühe gemacht, seinen Herzschlag zu überprüfen, hätte sie gefunden, dass er äußerst unregelmäßig war. „Sie bemühen sich nicht, O'Roarke." Er schob seine Hand an ihre Hüfte und brachte sie gerade so weit aus dem Gleichgewicht, dass sie gegen ihn schwankte. „Wollen Sie mich glauben machen, das wäre das Beste, was Sie zu Stande bringen?"

Zorn und Demütigung packten sie. Ihn verfluchend, drängte sie seinen Mund gegen ihre Lippen und ließ sich in den Kuss einfließen.

Seine Lippen waren noch immer fest, aber nicht mehr kühl. Sie blieben auch nicht mehr ohne Reaktion. Für einen Moment überkam sie der Drang, sich zurückzuziehen. Und dann stieg Verlangen in ihr hoch, längst vergessenes Verlangen. Eine Flut von Sehnen, ein Sturm von Begierden. Von all dem überwältigt, drängte sie sich an ihn, ließ die Kraft und die Hitze durch sie peitschen und erinnerte sich, wie es war, Leidenschaft zu kosten.

Jeder andere Gedanke, jeder andere Wunsch erlosch. Sie fühlte, wie sich sein langer harter Körper gegen sie presste, die langsamen, streichelnden Bewegungen, mit denen seine Hände an ihrem Rücken hochwanderten und in ihr Haar tauchten. Sein nicht länger geduldiger Mund nahm und nahm von dem ihren, bis das Blut in ihrem Kopf wie Donner hämmerte.

Er hatte gewusst, dass sie ihn umhauen würde. Er hatte gedacht, darauf vorbereitet zu sein. In den Tagen seit ihrem Kennenlernen hatte er sich Dutzende Male vorgestellt, sie so zu kosten. Er hatte sich vorgestellt, wie es sein musste, sie an sich zu drücken, sie seufzen zu hören, den erhitzten Duft ihrer Haut einzufangen, während er seinen Mund darüber gleiten ließ.

Doch die Wirklichkeit war viel durchschlagender als jeder Traum.

Kettenblitze. Sie war genauso explosiv, so ungestüm, so lebensbedrohend. Der Strom sprang Funken sprühend und zischend von ihr auf ihn über und machte ihn atemlos, benommen und aufgewühlt. Noch während er unter dem Ansturm aufstöhnte, fühlte er, wie sie sich gegen die Kraft stemmte, die auf sie zurückschlug.

Sie erschauerte und gab einen teils protestierenden, teils verwirrten Laut von sich, während sie sich zu befreien suchte.

Er schlang ihr Haar um seine Hand. Er brauchte nur ganz leicht zu ziehen, damit sie ihren Kopf nach hinten fallen ließ und ihre Augen dunkel und verschleiert auf die seinen richtete.

Er ließ sich Zeit, während sein Blick über ihr Gesicht strich. Er wollte in ihren Augen sehen, was er gefühlt hatte. Die Reflexion war da, dieses ursprünglichste Sehnen. Er lächelte wieder, als ihre Lippen sich zitternd öffneten und ihr Atem schnell und ungleichmäßig kam.

„Ich bin noch nicht fertig", erklärte er, zog sie wieder an sich und plünderte.

Sie musste denken, aber ihre Gedanken konnten sich nicht ihren Weg durch die Empfindungen bahnen, die sie in dünnen, seidigen Schichten zu bedecken schienen, ihre Vernunft vernebelten, ihren Willen ausschalteten. Bevor Panik die Schleier zerschneiden konnte, hob sie erneut ab, klammerte sich an ihn, öffnete sich für ihn, begehrte ihn.

Er wusste, dass er sich berauschen und doch nie genug bekommen konnte. Nicht, wenn ihr Mund heiß und feucht und von diesem Geschmack erfüllt war.

Unfähig zu widerstehen, schob er seine Hände unter ihr Sweatshirt auf der Suche nach der warmen, seidigen Haut darunter. Er nahm, eroberte, erforschte, bis sich das Verlangen in seinem Körper in Schmerz wandelte.

Zu schnell, warnte er sich selbst. Zu früh. Für sie beide. Er hielt sie ruhig fest, hob den Kopf und wartete, bis sie wieder zu sich kam.

Sie zwang sich dazu, die Augen zu öffnen, und sah nur sein Gesicht. Sie rang nach Luft und nahm nur seinen Geschmack wahr. Ihr schwindelte, und sie presste eine Hand an ihre Schläfe und ließ sie wieder sinken.

„Hören Sie, Boyd ..."

„Sie können ja tatsächlich meinen Vornamen aussprechen." Bevor sie ihn stoppen konnte, strich er über ihr Haar mit einer beiläufig intimen Geste, die ihren Pulsschlag wieder hochschnellen ließ. „Soll das bedeuten, dass Sie den Vornamen eines Mannes erst benützen, wenn Sie ihn geküsst haben?"

„Es bedeutet überhaupt nichts." Sie stand auf in der Hoffnung, schneller die Kraft in ihren Beinen zurückzugewinnen, wenn sie auf und ab ging. „Offenbar sind wir vom Thema abgekommen."

„Es gibt mehr als ein Thema." Er lehnte sich zurück und fand es ein Vergnügen, ihr zuzusehen, wie sie sich bewegte. Es war schon etwas Feines, den Schwung langer weiblicher Beine zu beobachten. Während sie, vor nervöser Energie knisternd, auf und ab lief, legte er einen Arm über die Rücklehne der Couch und streckte seine Beine aus.

„Für mich gibt es nur ein Thema." Sie warf ihm einen Blick über ihre Schulter zu. „Das sollten Sie sich lieber merken."

„Okay, dann reiten wir eben auf diesem einen eine Weile herum." Er konnte warten, hatte er doch die feste Absicht, bald wieder das Thema zu wechseln. „Sie scheinen diese verrückte Ansicht zu haben, dass Männer nur von Ihrer Stimme, von Ihrer Vorstellung angelockt werden. Ich glaube, wir haben gerade bewiesen, dass Sie falsch liegen."

„Was gerade passiert ist, beweist gar nichts." Falls es etwas gab, das sie noch zorniger machen konnte als sein träges, geduldiges Lächeln, so hatte sie es noch nicht gefunden. „Auf jeden Fall hat das nichts mit dem Mann zu tun, der mich anruft."

„Sie sind eine kluge Frau, Cilla. Benützen Sie Ihren Kopf. Er ist auf Sie fixiert, aber nicht seinetwegen. Er will Sie für etwas bezahlen lassen, das Sie einem anderen Mann angetan haben. Jemandem, den Sie kannten", fuhr er fort, als sie nach einer Zigarette griff. „Jemandem, der eine Beziehung zu Ihnen hatte."

„Ich habe Ihnen schon gesagt, dass es da niemanden gibt."

„Jetzt gibt es niemanden."

„Jetzt nicht, davor nicht, seit Jahren nicht."

Nachdem er diese erste Woge ihrer Leidenschaft erfahren hatte, fiel es ihm mehr als schwer, das zu glauben. Dennoch nickte er. „Dann hat es Ihnen nicht viel bedeutet. Vielleicht ist dies das Problem."

„Um Himmels willen, Fletcher, ich gehe nicht einmal mit Männern aus. Ich habe dazu weder die Zeit noch die Neigung."

„Über Ihre Neigungen sprechen wir später."

Ermattet wandte sie sich ab und starrte durch die Scheibe. „Verdammt, Boyd, verschwinden Sie aus meinem Leben."

„Es ist Ihr Leben, über das wir sprechen." In seiner Stimme schwang eine Schärfe mit, die sie den heftigen Kommentar zurückhalten ließ, der ihr auf der Zunge lag. „Wenn es in Denver niemanden gegeben hat, werden wir uns weiter zurückarbeiten. Aber ich will, dass Sie nachdenken, und zwar angestrengt nachdenken. Wer hat Interesse für Sie gezeigt? Jemand, der den Sender mehr als einmal anruft. Der Sie bittet, sich mit ihm zu treffen, der persönliche Fragen stellt. Jemand, der sich Ihnen genähert hat, der Sie eingeladen hat, der irgendetwas versucht hat."

Sie ließ ein kurzes humorloses Lachen hören. „Das waren Sie."

„Erinnern Sie mich daran, dass ich mich selbst überprüfen werde." Seine Stimme war trügerisch sanft, doch Cilla hörte den Ärger und die Frustration darin. „Wer noch, Cilla?"

„Es gibt niemanden, der mich bedrängt hat." Sich nach einem Moment, einem einzigen Moment Seelenfrieden sehnend, presste sie ihre Handballen gegen ihre Augen. „Ich bekomme Anrufe. Aber das soll doch so sein. Manche Männer bitten mich um eine Verabredung, manche schicken sogar Geschenke. Sie wissen schon, der Pralinen-und-Blumen-

Typ. Nichts Unheimliches an einem Rosenstrauß, oder?"

„Sehr viel Unheimliches an Morddrohungen, oder?"

Sie wollte ruhig und sachlich bleiben, konnte aber die Härte nicht aus ihrer Stimme verbannen. „Ich kann mich nicht an jeden erinnern, der angerufen und mit mir über die Ätherwellen geflirtet hat. Wenn ich jemanden abgewiesen habe, bleibt er abgewiesen."

Er konnte nur den Kopf schütteln. Es war ihm unerklärlich, dass eine so kluge Frau in gewissen Situationen so naiv sein konnte. „Na schön, gehen wir die Sache von einem anderen Blickwinkel an. Im Sender arbeiten Sie mit Männern – fast nur mit Männern – zusammen."

„Wir sind Profis", schnappte sie und begann, an ihren Nägeln zu kauen. „Mark ist glücklich verheiratet. Bob ist glücklich geschieden. Jim ist ein Freund – ein guter."

„Sie haben Nick vergessen."

„Nick Peters? Was ist mit ihm?"

„Er ist verrückt nach Ihnen."

„Was?" Sie war so überrascht, dass sie sich umdrehte. „Das ist lächerlich. Er ist ein Kind!"

Nachdem er sie lange betrachtet hatte, stieß er einen Seufzer aus. „Sie haben es wirklich nicht bemerkt?“

Verwirrter, als sie eingestehen wollte, sagte Cilla: „Hören Sie, Schlaukopf, das bringt uns zu nichts, und ich bin ...“ Ihre Worte erstarben, und ihre Hand kroch langsam an ihre Kehle.

„Da ist ein Mann auf der anderen Straßenseite. Er beobachtet das Haus.“

„Weg vom Fenster!“

„Was?“

Boyd riss sie zur Seite. „Bleiben Sie von den Fenstern weg, und halten Sie die Tür verschlossen. Öffnen Sie nicht, bevor ich zurückkomme.“

Sie nickte und folgte ihm an die Tür. Sie presste die Lippen zusammen, als er seine Waffe zog. Diese Bewegung holte sie in die Realität zurück. Es war eine weniger aus Praxis als aus Instinkt heraus geschmeidige Bewegung. Zehn Jahre bei der Polizei, erinnerte sie sich. Er hatte schon früher gezogen und geschossen.

Sie wollte ihm nicht sagen, er solle vorsichtig sein. Das waren nutzlose Worte.

„Ich sehe mich draußen um. Schließen Sie die Tür hinter mir ab.“

Verschwunden war der entspannte Mann, der sie in eine Umarmung gelockt hatte. Ein Blick in sein Gesicht, und sie konnte sehen, dass er ganz Cop war. Sie kriegen andere Augen, dachte sie. Augen ohne Emotionen. Es gab keinen Platz für Emotionen, wenn man eine Waffe in der Hand hielt.

„Wenn ich in zehn Minuten nicht zurück bin, rufen Sie 911 an und bitten um Hilfe. Kapiert?"

„Ja." Sie gab dem Verlangen nach, ihn am Arm zu berühren. Nachdem er hinausgeschlüpft war, schob sie den Riegel vor und wartete.

Er hatte seinen Mantel nicht geschlossen, und der heftige Wind der ersten Stunden des Tages pfiff durch sein Hemd. Seine Waffe, die sich mit seiner Körperwärme aufgeheizt hatte, lag wie angegossen in seiner Hand. Er schwenkte seinen Blick nach rechts, dann nach links und fand die Straße verlassen vor, dunkel, abgesehen von den Lichtinseln der Straßenlampen, die in regelmäßigen Abständen aufgestellt waren. Es war nichts weiter als eine ruhige Vortgegend, friedlich schlafend in den Stunden vor der Morgendämmerung. Der Nachtwind stöhnte leise in den nackten Bäumen.

Er zweifelte nicht an Cillas Worten – hätte nicht

einmal daran gezweifelt, hätte er nicht selbst einen flüchtigen Blick durch ihr Fenster auf die einsame Gestalt auf dem gegenüberliegenden Bürgersteig erhascht.

Wer immer dort gewesen war, er war jetzt weg, wahrscheinlich schon in dem Moment aufgescheucht, in dem Cilla ihn entdeckt hatte.

Wie um Boyds Gedanken zu unterstreichen, sprang ein oder zwei Querstraßen weiter ein Motor an. Er fluchte, machte sich jedoch nicht die Mühe einer Verfolgung. Bei einem derartigen Vorsprung wäre das die reinste Zeitverschwendung gewesen. Stattdessen ging er einen halben Block in beide Richtungen und umkreiste dann sorgfältig das Haus.

Cilla hatte schon die Hand am Telefon, als er klopfte.

„Alles in Ordnung. Ich bin es, Boyd."

Mit drei schnellen Schritten war sie an der Tür. „Haben Sie ihn gesehen?" fragte sie, sobald Boyd eintrat.

„Nein."

„Er war da. Ich schwöre es."

„Ich weiß." Er schloss die Tür selbst wieder ab. „Versuchen Sie sich zu entspannen. Er ist jetzt weg."

„Entspannen?" In den letzten Minuten hatte sie

ausreichend Zeit gehabt, um sich von betroffen zu halb von Sinnen hochzuschaukeln. „Er weiß, wo ich arbeite, wo ich wohne. Wie soll ich mich denn je wieder entspannen? Hätten Sie ihn nicht verscheucht, wäre er womöglich ...“ Sie fuhr sich mit den Fingern durch die Haare. Sie wagte nicht darüber nachzudenken, was hätte passieren können.

Boyd schwieg einen Moment und beobachtete, wie sie sich langsam und schmerzlich unter Kontrolle brachte. „Warum nehmen Sie sich nicht Urlaub und bleiben ein paar Tage zu Hause? Wir sorgen dafür, dass ein Streifenwagen die Umgebung im Auge behält.“

Sie sank in einen Sessel. „Wo liegt der Unterschied, ob ich hier bin oder im Sender?“ Sie schüttelte den Kopf, ehe er etwas sagen konnte. „Bliebe ich zu Hause, würde ich durchdrehen, weil ich ständig daran denke und mir Sorgen mache. Bei der Arbeit habe ich wenigstens noch andere Dinge im Kopf.“

Er hatte von ihr keine Zustimmung erwartet. „Wir sprechen später darüber. Im Moment sind Sie müde. Gehen Sie doch ins Bett. Ich schlafe auf der Couch.“

Sie wünschte sich, stark genug zu sein, um ihm zu

sagen, dass es nicht nötig war. Sie brauchte keinen Schutz. Doch die Woge der Dankbarkeit machte sie schwach. „Ich hole Ihnen eine Decke."

Deborah schlenderte aus ihrem Zimmer in einem weißen Shirt und einem dünnen blauen Morgenmantel, der bis zum halben Schenkel reichte und aufklaffte. Ihre Zehennägel waren schockrosa. Sie hatte sie am Vorabend bemalt, um sich eine Abwechslung zu gönnen, während sie für ein Examen büffelte.

Gähnend stolperte sie über einen Stiefel, fiel gegen die Couch und stieß einen unterdrückten Schrei aus, als ihre Hand auf einen warmen Körper traf.

Boyd setzte sich blitzartig auf, und seine Hand fuhr nach seiner Waffe. Aus nächster Nähe starrte er in Deborahs Gesicht – helle Haut, große blaue Augen, die Wolke dunkler Haare – und entspannte sich.

„Guten Morgen."

„Ich ... Detective Fletcher?"

Er rieb sich die Augen. „Ich glaube schon."

„Tut mir Leid. Ich wusste nicht, dass Sie hier sind." Sie räusperte sich und erinnerte sich verspätet daran, ihren Morgenmantel zu schließen. Sie schloss den Gürtel, blickte die Treppe hinauf und senkte automatisch ihre Stimme. Ihre Schwester schlief schon unter besten Voraussetzungen nicht tief. „Warum sind Sie hier?“

Er reckte eine Schulter, die während der beengten Nacht auf der Couch steif geworden war. „Ich sagte Ihnen doch, dass ich auf Cilla aufpassen werde.“

„Ich erinnere mich.“ Sie zog die Augen zusammen, während sie ihn betrachtete. „Sie nehmen Ihren Job ernst.“

„Das stimmt.“

„Sehr gut.“ Sie lächelte zufrieden. In den aufwühlenden und verwirrenden Ereignissen ihrer neunzehn Jahre hatte sie gelernt, den Charakter eines Menschen rasch einzuschätzen. „Ich wollte gerade Kaffee machen. Ich muss heute früh zum Unterricht. Soll ich Ihnen auch einen bringen?“

Falls sie auch nur im Entferntesten wie ihre Schwester war, würde er keinen Schlaf mehr bekommen, bevor er nicht alle Fragen beantwortet hatte, die ihr im Kopf herumgingen. „Gern. Danke.“

„Schätze, Sie möchten auch duschen. Sie sind etwa fünfzehn Zentimeter zu lang, um eine bequeme Nacht auf der Couch verbracht zu haben.“

„Zwanzig.“ Er rieb sich den steifen Nacken. „Ich glaube, es sind eher zwanzig.“

„Sie können so viel heißes Wasser verbrauchen,

wie Sie wollen. Ich setze den Kaffee auf." Als sie sich zur Küche wandte, klingelte das Telefon. Obwohl sie wusste, dass Cilla noch vor dem zweiten Klingeln abheben würde, tat sie automatisch einen Schritt darauf zu. Boyd schüttelte den Kopf, hob ab und lauschte.

Die Hände in die Aufschläge ihres Morgenmantels verkrampft, beobachtete Deborah ihn. Sein Gesicht blieb ausdruckslos, aber sie sah Zorn in seinen Augen aufflackern. Wenn es auch nur kurz war, war sie doch sicher, wer am Ende der Leitung war.

Boyd unterbrach die Verbindung mechanisch und tippte eine Zahlenreihe ein. „Habt ihr was?" Er fluchte nicht einmal bei der negativen Antwort. „In Ordnung." Nachdem er aufgelegt hatte, sah er Deborah an. Sie stand neben der Couch, die Hände verkrampft, das Gesicht blass. „Ich gehe nach oben", sagte er. „Auf den Kaffee komme ich später zurück."

„Sie hat sich bestimmt aufgeregt. Ich möchte mit ihr sprechen."

Er schob die Decke beiseite und stand auf. Er trug nur seine Jeans. „Ich wäre Ihnen dankbar, wenn Sie das diesmal mir überließen."

Sie wollte widersprechen, aber etwas in seinen Augen hielt sie zurück. Sie nickte. „Also schön, aber machen Sie Ihre Arbeit gut. Sie ist nicht so tough, wie sie die Leute gern glauben macht.“

„Ich weiß.“

Er stieg die Treppe in den ersten Stock hinauf, ging an einer offenen Tür von einem Zimmer vorbei, in dem das Bett ordentlich gemacht war. Deborahs Zimmer, entschied er, als er das rosa und weiß gehaltene Dekor und die femininen Verzierungen aus Spitze bemerkte. An der nächsten Tür blieb er stehen, klopfte und trat ein, ohne auf eine Antwort zu warten.

Sie saß mitten auf dem Bett, die Knie an die Brust gezogen, den Kopf auf die Knie gestützt. Laken und Decken waren durcheinander und zeugten von wenigen Stunden unruhigen Schlafs.

Hier gab es keine femininen Verzierungen aus Spitze, keine weichen Pastellfarben. Cilla bevorzugte gerade Linien, Einfachheit. Als Gegensatz war die Farbenwahl aufrüttelnd und alles andere als beruhigend. Inmitten all dieser leuchtenden Schattierungen von Blau und Grün wirkte sie umso verletzlicher.

Sie blickte nicht auf, bevor er sich auf die Bettkante setzte und ihr Haar berührte. Langsam hob sie den Kopf. Er sah keine Tränen. Anstelle der erwarteten Angst fand er eine unerträgliche Erschöpfung vor, die sogar noch beunruhigender war.

„Er hat angerufen“, murmelte sie.

„Ich weiß. Ich war am Nebenapparat.“

„Dann haben Sie es gehört.“ Sie blickte weg, zum Fenster, wo sie sehen konnte, wie die Sonne sich bemühte, eine tief hängende Wolkenbank wegzubrennen. „Er war das gestern Abend draußen auf der Straße. Er sagte, er hätte mich gesehen ... uns. Bei ihm hat es so widerlich geklungen.“

„Cilla ...“

„Er hat mich beobachtet!“ Sie spuckte die Worte aus. „Nichts, was ich sage, nichts, was ich tue, hält ihn auf. Und wenn er mich erwischt, macht er alles, was er angekündigt hat.“

„Er wird Sie nicht erwischen.“

„Wie lange?“ fragte sie. Ihre Finger verkrampften sich in den Laken, ihr Blick brannte sich in seine Augen. „Wie lange können Sie auf mich aufpassen? Er braucht nur zu warten. Er wird abwarten und anrufen und beobachten.“ Etwas in ihr brach entzwei, und sie packte das Telefon neben dem Bett und schleuderte es quer durch den Raum. Es prallte gegen die Wand und polterte klingelnd zu Boden. „Sie werden ihn nicht aufhalten. Sie haben ihn gehört. Er hat gesagt, dass ihn nichts aufhalten wird."

„Genau das will er." Boyd packte sie an den Armen und rüttelte sie einmal kurz. „Er will, dass Sie die Nerven verlieren. Er will das Bewusstsein, Sie dazu gebracht zu haben, die Nerven zu verlieren. Wenn Sie das wirklich tun, helfen Sie ihm nur."

„Ich weiß nicht, was ich tun soll", brachte sie hervor. „Ich weiß einfach nicht, was ich tun soll."

„Sie müssen mir vertrauen. Sehen Sie mich an, Cilla." Ihr Atem ging stoßweise, aber sie blickte ihm in die Augen. „Ich will, dass Sie mir vertrauen", sagte er ruhig. „Und dass Sie mir glauben, wenn ich sage, dass ich nicht zulassen werde, dass Ihnen etwas passiert."

„Sie können nicht immer da sein."

Seine Lippen lächelten ein wenig. Er lockerte seinen Griff und rieb mit seinen Händen an ihren Armen auf und ab. „Sicher kann ich das."

„Ich will ..." Sie presste die Augen fest zu. Wie sie es hasste zu bitten. Wie sie es hasste, etwas zu brauchen.

„Was?"

Ihre Lippen bebten, während sie um ein letztes Stück ihrer Selbstbeherrschung kämpfte. „Ich muss mich jetzt irgendwo festhalten.“ Sie atmete ungleichmäßig aus. „Bitte.“

Wortlos zog er sie eng an sich und drückte ihren Kopf an seine Schulter. Ihre zu Fäusten geballten Hände pressten sich auf seinen Rücken. Sie zitterte, kämpfte gegen einen heftigen Ausbruch von Tränen an.

„Gönnen Sie sich eine Pause, O’Roarke“, murmelte er. „Lassen Sie sich gehen.“

„Ich kann nicht.“ Sie hielt die Augen geschlossen und klammerte sich an ihn. Er war fest, warm, stark. Zuverlässig. „Ich habe Angst, dass ich nicht mehr aufhören kann, wenn ich erst mal angefangen habe.“

„Okay, dann versuchen wir das.“ Er hob ihren Kopf an und berührte sanft ihre Lippen mit den seinen. „Denken Sie an mich. Jetzt.“ Sein Mund berührte erneut den ihren. „Und hier.“ Leicht und geduldig streichelte er ihren steifen Rücken. „Nur an mich.“

Sie spürte das Mitgefühl. Sie hatte nicht gewusst, dass sie es im Kuss eines Mannes finden konnte. Mehr als sanft, mehr als zärtlich beschwichtigte der Kuss ihre verschlissenen Nerven, beruhigte ihre eisigen Ängste, kühlte ihre heiße Verzweiflung. Ihre verkrampften Hände entspannten sich, Muskel um Muskel. Es gab keine Forderungen, als seine Lippen über ihr Gesicht wanderten. Nur Verständnis.

Es würde einfach sein, seinem Wunsch zu folgen. Sie dachte nur an ihn.

Zögernd hob sie ihre Hand an sein Gesicht und ließ ihre Finger über seine von Bartstoppeln raue Wange streichen. Ihr Magen entkrampfte sich. Das Hämmern in ihrem Kopf ließ nach. Sie hauchte seinen Namen in einem Seufzen und ließ sich gegen seinen Körper sinken.

Er musste vorsichtig sein. Sehr vorsichtig. Ihre vollständige Hingabe brachte sein Verlangen zum Kochen. Er ignorierte es. Im Moment brauchte sie Trost, keine Leidenschaft. Es durfte keine Rolle spielen, dass seine Sinne von ihr aufgewühlt waren, von dem weichen Nachgeben ihres Körpers, dem vollen Geschmack ihres Mundes. Es durfte keine Rolle spielen, dass die Luft dicker geworden war, so dass jeder Atemzug, den er nahm, mit ihrem Duft erfüllt war.

Er wusste, dass er sie bloß auf das Bett zwischen die zerwühlten Laken zurückzulegen brauchte. Sich über sie zu schieben brauchte. Sie würde nicht widerstehen. Vielleicht würde sie sogar die Hitze und die Ablenkung begrüßen. Den zeitlichen Aufschub. Er wollte aber viel mehr für sie sein.

Mit seinen eigenen Dämonen kämpfend, presste er seine Lippen gegen ihre Stirn, legte dann seine Wange an ihr Haar.

„Besser?"

Sie nickte, während sie stoßweise Atem holte. Sie war nicht sicher, ob sie sprechen konnte. Wie konnte sie ihm sagen, dass sie nur so bleiben wollte, seine Arme um sie geschlungen, sein Herz an ihrem schlagend? Er musste sie für eine Närrin halten.

„Ich ... äh ... wusste gar nicht, dass Sie ein so netter Kerl sein können, Fletcher."

Er wollte seufzen, grinste jedoch stattdessen. „Ich habe eben meine guten Momente."

„Ja. Nun, das ging wirklich weit über das normale Maß an Pflichterfüllung hinaus."

Vielleicht, aber nur vielleicht wollte sie gar nicht sticheln. Er zog sich zurück, legte seine Hand unter ihr Kinn. „Ich bin nicht im Dienst. Wenn ich Sie küsse, hat das nichts mit meinem Job zu tun. Kapiert?"

Sie hatte ihm danken und nicht ihn verärgern wollen. In seinen Augen stand eine Warnung, die sie die Stirn runzeln ließ. „Sicher."

„Sicher“, wiederholte er, stand auf und steckte die Hände gereizt in die Hosentaschen.

Erst jetzt bemerkte sie, dass er nur seine Jeans trug, am Bund offen und tief heruntergerutscht. Das ruckartige Zusammenziehen ihres Magens hatte nichts mit Angst zu tun und machte sie für einen Moment sprachlos.

Sie wollte ihn. Nicht nur von ihm gehalten werden, nicht nur für ein paar heiße Küsse. Und sicher nicht als Trost. Sie wollte ihn im Bett, wie sie nie einen anderen Mann gewollt hatte. Sie sah ihn an – die langen, schlanken, goldenen Linien seines Oberkörpers, die schmalen Hüften, das Muskelspiel in seinen Armen, als er die Fäuste ballte –, und sie konnte sich vorstellen, wie es war, zu berühren und berührt zu werden, leidenschaftlich verschlungen im Bett herumzurollen, zu reiten und geritten zu werden.

„Was, zum Teufel, ist los mit Ihnen?“

„Wie?“

Er zog die Augen zusammen und wippte auf den Fersen, während sie ihn verwirrt anstarrte. „Schweifen ihre Gedanken ab, O'Roarke?“

„Ich ... äh ...“ Ihr Mund war trocken, und sie verspürte einen harten Druck im Unterleib. Was würde er sagen, wenn sie ihm gestand, wohin ihre Gedanken sie gerade geführt hatten? Sie schloss die Augen. „Oh, Mann“, flüsterte sie. „Ich glaube, ich brauche Kaffee.“ Und einen Sprung in einen kalten See.

„Ihre Schwester hat welchen gemacht.“ Da saß sie vor ihm, trug ein Football-Jersey der Broncos, das zwei Nummern zu groß war. Das knallige Orange passte kaum zu verführerischen Dessous. Trotzdem, wenn er noch einen Moment hier stehen blieb, fiel er auf die Knie und flehte um Gnade. „Wie wäre es mit Frühstück?“ Seine Stimme war nicht im Geringsten freundlich.

„Ich esse nie was.“

„Heute schon. In zehn Minuten.“

„Hören Sie, Schlaukopf ...“

„Machen Sie was mit Ihren Haaren“, sagte er, während er aus dem Zimmer ging. „Sie sehen schrecklich aus.“

Er fand Deborah unten in der Küche, vollständig angezogen und an einer Tasse Kaffee nippend. Offenbar hatte sie auf ihn gewartet. Sobald er eintrat, sprang sie auf.

„Es geht ihr gut“, sagte er knapp. „Ich mache ihr Frühstück.“

Obwohl sie die Brauen hob, nickte sie. „Setzen Sie sich, und ich mache euch beiden was.“

„Ich dachte, Sie müssen früh zum Unterricht."

„Den lasse ich ausfallen."

Er holte sich Kaffee. „Dann wird sie auf uns beide wütend sein."

Sie lächelte. „Sie kennen Sie schon recht gut."

„Nicht gut genug." Er trank seinen halben Kaffee und fühlte sich fast wieder menschlich. Er musste an Cilla denken. „Wie viel Zeit haben Sie noch?"

„Etwa fünf Minuten."

„Erzählen Sie mir etwas von Cillas Exmann."

„Paul?" Überraschung lag in ihren Augen, in ihrer Stimme. „Warum? Sie glauben doch nicht, dass er was damit zu tun hat?"

„Ich überprüfe alle Möglichkeiten. Die Scheidung ... war sie freundschaftlich?"

„Gibt es das überhaupt?"

Sie ist jung, dachte Boyd, aber klug. „Sagen Sie es mir doch."

„Nun, in diesem Fall würde ich sagen, war sie so freundschaftlich, wie es geht. Ich war erst zwölf, und Cilla hat darüber nie offen gesprochen, aber ich hatte den Eindruck, dass er die Scheidung wollte."

Boyd lehnte sich gegen die Theke. „Warum?"

Unbehaglich bewegte Deborah ihre Schultern. „Er hatte sich in eine andere verliebt." Sie stieß den

Atem aus und betete, dass Cilla dies hier nicht als Verrat ansehen würde. „Sie hatten eindeutig schon Probleme, als ich zu ihnen kam, um bei ihnen zu leben. Das war gleich nachdem unsere Eltern starben. Cilla war erst ein paar Monate verheiratet, aber ... nun ja, sagen wir mal, die Flitterwochen waren vorbei. Sie war dabei, sich in Atlanta einen Namen zu machen, und Paul – er war sehr konservativ, ein richtig steifer Knochen. Er wollte Abgeordneter werden, und Cillas Image passte nicht dazu."

„Hört sich für mich an, als wäre es genau andersherum gewesen."

Sie lächelte und schenkte ihm Kaffee nach. „Ich weiß noch, wie hart sie gearbeitet hat, um ihren Job zusammenzuhalten, um alles zusammenzuhalten. Es war eine ziemlich schlimme Zeit für uns. Es machte nichts besser, als die Verantwortung für eine Zwölfjährige plötzlich für die beiden dazukam. Die zusätzliche Belastung ... nun ja, man könnte sagen, sie hat das Unvermeidliche beschleunigt. Zwei Monate nach meinem Einzug zog er aus und reichte die Scheidung ein. Cilla hat sich nicht gewehrt."

Er versuchte sich vorzustellen, wie es gewesen war. Mit zwanzig hatte Cilla ihre Eltern verloren, die Fürsorge und Verantwortung für ein Mädchen übernommen und zugesehen, wie ihre Ehe in die Brüche ging. „Klingt für mich, als könne sie froh sein, den Kerl losgeworden zu sein."

„Ich mochte ihn nie besonders. Er war harmlos und langweilig."

„Warum hat sie ihn dann geheiratet?"

„Ich würde es für angebrachter halten, das mich zu fragen", sagte Cilla von der Tür her.

4. KAPITEL

Sie hatte was mit ihren Haaren gemacht, nämlich sie zu einem Pferdeschwanz zusammengebunden. Dadurch blieb ihr Gesicht frei, so dass der Zorn in ihren Augen umso leichter zu erkennen war. Zu dem Jersey, in dem sie geschlafen hatte, trug sie jetzt eine gelbe Sweathose. Ihre Hände hatte sie tief in die Taschen gestopft, während sie so dastand und all ihren Ärger auf Boyd richtete.

„Cilla." Genau wissend, wann es Zeit zum Streiten und wann zum Besänftigen war, trat Deborah vor. „Wir haben bloß ..."

„Ja, ich habe gehört, was ihr bloß habt." Sie lenkte ihren Blick zu Deborah. Die Schärfe ihres Zorns milderte sich. „Mach dir keine Gedanken. Es war nicht deine Schuld."

„Es geht nicht um Schuld", murmelte Deborah. „Es bedeutet uns etwas, was mit dir geschieht."

„Nichts wird mit mir geschehen. Du solltest jetzt besser losgehen, sonst kommst du zu spät. Und es sieht ganz so aus, als hätten Detective Fletcher und ich etwas auszudiskutieren."

Deborah hob die Hände und ließ sie wieder fallen, warf Boyd einen mitfühlenden Blick zu und küsste ihre Schwester auf die Wange. „In Ordnung. Um diese Uhrzeit würdest du ohnedies nicht auf Vernunft hören."

„Bestehe mit Auszeichnung", sagte Cilla bloß.

„Das habe ich vor. Ich zieh mir mit Josh einen Hamburger und einen Film rein, aber ich bin wieder da, bevor du heimkommst."

„Mach dir einen schönen Tag." Cilla wartete, ohne sich auch nur einen Zentimeter zu bewegen, bis sie hörte, wie sich die Haustür schloss. „Sie haben vielleicht Nerven, Fletcher."

Er drehte sich um und holte noch eine Henkeltasse von einem Haken hinter dem Herd. „Möchten Sie Kaffee?"

„Ich mag es nicht, dass Sie meine Schwester ausquetschen."

Er füllte die Tasse und stellte sie ab. „Ich habe meine Daumenschrauben in dem anderen Anzug vergessen."

„Eines wollen wir doch klarstellen." Sie ging auf ihn zu und behielt bewusst die Hände in den Taschen, weil sie sicher war, dass sie ihn schlagen würde, falls sie sie herauszog. „Wenn Sie irgendwelche Fragen über mein Leben haben, dann kommen Sie damit zu mir. Deborah hat mit überhaupt nichts etwas zu tun."

„Sie ist wesentlich entgegenkommender als ihre Schwester. Sind Eier im Haus?" fragte er und öffnete den Kühlschrank.

Sie unterdrückte den Wunsch, ihm die Tür gegen den Kopf zu treten. „Wissen Sie, oben im Schlafzimmer haben Sie mich einen Moment hinters Licht geführt. Ich dachte doch tatsächlich, Sie hätten ein Herz und so etwas wie Mitgefühl."

Er fand ein halbes Dutzend Eier, etwas Käse und ein paar mickrige Streifen Schinkenspeck. „Warum setzen Sie sich nicht, O'Roarke, und trinken Ihren Kaffee?"

Sie schleuderte ihm einen heftigen Fluch an den Kopf. Etwas schoss in seine Augen, etwas Gefährliches, aber er griff nach einer Pfanne und begann gelassen, den Schinkenspeck zu braten. „Sie müssen sich schon was Besseres einfallen lassen", sagte er. „Nach zehn Jahren bei der Polizei finden Sie kaum noch ein Schimpfwort, bei dem ich auch nur mit den Ohren wackle."

„Sie hatten kein Recht." Ihre Stimme hatte sich beruhigt, aber die Emotionen darin hatten sich verdoppelt. „Sie hatten kein Recht, das alles bei ihr wieder aufzurühren. Sie war ein Kind, am Boden zerstört, zu Tode verängstigt. Dieses ganze Jahr war für sie die reinste Hölle, und sie kann es wirklich nicht gebrauchen, dass Sie sie daran erinnern."

„Sie hat sich bestens gehalten." Er schlug ein Ei in eine Schüssel und zerquetschte die Schale in seiner Hand. „Ich habe den Eindruck, Sie sind die mit dem Problem."

„Lassen Sie mich bloß in Ruhe."

Er hatte ihren Arm so schnell in einem festen Griff, dass sie keine Chance hatte, ihm auszuweichen. Seine Stimme klang sanft, tödlich, mit Zorn, der an den Rändern hochzüngelte. „Ganz ausgeschlossen."

„Was damals passiert ist, hat nichts zu tun mit dem, was jetzt passiert, und was jetzt passiert, ist das Einzige, was Sie etwas angeht."

„Es ist mein Job herauszufinden, was wichtig ist und was nicht." Mit ziemlicher Anstrengung fing er sich. Er konnte sich nicht erinnern, dass ihn jemals jemand so nahe und so oft an den Rand eines Ausbruchs getrieben hatte. „Wenn Sie wollen, dass ich die Sache ruhen lasse, dann klären Sie mich doch auf. Geschiedene Ehepartner sind bevorzugte Verdächtige."

„Es ist acht Jahre her.“ Sie riss sich los, und da sie ihre Hände beschäftigen musste, riss sie die Tasse zu sich heran. Der Kaffee spritzte über den Rand und auf die Theke.

„Entweder erfahre ich es von Ihnen oder von jemand anderem. Das Endergebnis ist das gleiche.“

„Sie wollen, dass ich mich erkläre? Sie wollen, dass ich ganz offen bin? Sehr schön. Jetzt kommt es auch nicht mehr darauf an. Ich war zwanzig, und ich war dumm. Er war schön und charmant und klug – alles, was dumme zwanzigjährige Mädchen sich zu wünschen glauben.“ Sie nahm einen großen Schluck Kaffee und griff dann automatisch nach dem Lappen, um die Tropfen aufzuwischen. „Wir kannten einander nur zwei Monate. Er war sehr überzeugend, sehr romantisch. Ich heiratete ihn, weil ich etwas Stabiles und Reales in meinem Leben wollte. Und ich dachte, er würde mich lieben.“

Sie war jetzt ruhiger. Sie hatte gar nicht gemerkt, wie ihr Ärger verschwunden war. Seufzend drehte sie sich um und griff automatisch nach Tellern und Besteck.

„Es klappte nicht – praktisch vom ersten Tag an. Er war körperlich von mir enttäuscht, und er war desillusioniert, als er erkannte, dass mir meine Arbeit genauso wichtig war wie ihm seine. Er hoffte, er könne mich zu einem Berufswechsel bewegen. Nicht, dass ich ganz aufhören sollte. Er war nicht gegen meine Karriere, auch nicht gegen den Rundfunk – solange es seine Pläne nicht störte."

„Was waren das für Pläne?" fragte Boyd, während er den Schinkenspeck zum Abtropfen weglegte.

„Politik. Wir hatten uns bei einer vom Sender veranstalteten Wohltätigkeitsgala kennen gelernt. Er wollte auf Stimmenfang gehen, und ich habe moderiert. Das war das Grundproblem", murmelte sie. „Wir haben jeweils die offizielle Persönlichkeit des anderen kennen gelernt."

„Was geschah dann?"

„Wir heirateten – zu schnell. Und alles ging schief – zu schnell. Ich überlegte mir sogar seinen Vorschlag, mich mit Einkauf oder Verkauf zu beschäftigen. Ich fand, ich sollte es zumindest versuchen. Dann wurden meine Eltern ... ich verlor meine Eltern und holte Deborah zu uns nach Hause."

Sie unterbrach sich für einen Moment. Sie konnte nicht von dieser Zeit sprechen, konnte nicht einmal an die Ängste und den Gram, den Schmerz und den Zorn denken.

„Es muss schwer gewesen sein."

Sie wehrte die Worte mit einem Achselzucken ab. „Der Hauptpunkt war, dass ich nicht mit einer weiteren Aufregung fertig wurde. Ich musste arbeiten. Der Stress fraß unser wackeliges Fundament auf, das wir gemeinsam hatten. Er fand eine andere, die ihn glücklicher machte, und verließ mich." Sie füllte ihre Tasse mit Kaffee, den sie gar nicht mehr wollte. „Ende der Geschichte."

„Wenn an der Sache nicht mehr dran war, warum sind Sie dann heute in dem Punkt noch so empfindlich?"

Sie blickte mit nüchternen Augen hoch. „Sie waren nie verheiratet, nicht wahr?"

„Nein."

„Dann kann ich es Ihnen auch nicht erklären. Wenn Sie Paul überprüfen wollen, lassen Sie sich nicht aufhalten, aber es ist Zeitverschwendung. Ich kann Ihnen garantieren, dass er nicht einen Gedanken an mich verschwendet hat, seit ich Atlanta verlassen habe."

Er bezweifelte, dass irgendein Mann, der ihr jemals nahe gewesen war, sie völlig aus seinen Gedanken bannen konnte, aber diesen Punkt wollte er vorerst ruhen lassen. „Sie lassen Ihre Eier kalt werden."

„Ich sagte doch, dass ich kein Frühstück esse."

„Tun Sie mir den Gefallen." Er griff über den Tisch, nahm eine Gabel voll von ihrem Teller und hielt sie ihr an die Lippen.

„Sie sind eine Pest", sagte sie, nachdem sie geschluckt hatte. „Müssen Sie sich nicht im Büro melden oder sonst etwas?"

„Habe ich schon getan – gestern Abend, nachdem Sie zu Bett gegangen waren."

Sie spielte mit dem Essen auf ihrem Teller und aß ein oder zwei Bissen, damit er sie in Ruhe ließ. Sie erinnerte sich daran, dass er bei ihr geblieben war, obwohl seine Dienstzeit schon längst vorbei war. Dafür schuldete sie ihm etwas. Und sie bezahlte immer ihre Schulden.

„Hören Sie, ich bin Ihnen dankbar, dass Sie hier sind, und ich weiß, dass es Ihr Job ist, alle diese persönlichen und peinlichen Fragen zu stellen. Ich möchte aber wirklich, dass Sie Deb dabei herauslassen."

„So weit ich das kann."

„Die Frühjahrsferien kommen jetzt. Ich möchte sie überreden, ans Meer zu fahren und dort etwas Urlaub zu machen."

„Viel Glück!" Er trank und betrachtete sie über

seine Tasse hinweg. „Sie könnten es am einfachsten erreichen, indem Sie mit ihr mitfahren."

„Ich laufe nicht weg." Nachdem sie ihr halb aufgegessenes Frühstück beiseite geschoben hatte, stützte sie die Ellbogen auf den Tisch. „Nach dem Anruf heute Morgen war ich nahe dran. Ich dachte darüber nach – und hinterher war mir klar, dass es nicht aufhören wird, bevor ich es nicht zu Ende gebracht habe. Ich will mein normales Leben wiederhaben, und dazu wird es nicht kommen, bevor wir nicht wissen, wer er ist und warum er hinter mir her ist!"

„Es ist mein Job, ihn zu finden."

„Ich weiß. Deshalb habe ich mich auch zur Mitarbeit entschlossen."

Er stellte seine Tasse ab. „Tatsächlich?"

„Ja. Von jetzt an ist mein Leben ein offenes Buch. Sie fragen, ich antworte."

„Und Sie tun genau das, was man Ihnen sagt?"

„Nein." Sie lächelte. „Aber ich tue genau das, was man mir sagt, wenn es mir vernünftig erscheint." Sie überraschte sie beide, indem sie nach seiner Hand griff und sie berührte. „Sie sehen müde aus, Schlaukopf. Schlimme Nacht?"

„Ich hatte schon bessere." Er verschlang seine

Finger mit den ihren, bevor sie sich zurückziehen konnte. „Sie sehen heute Morgen verdammt gut aus, Cilla."

Da war es wieder – dieses Flattern, das in ihrer Brust einsetzte und zu ihrem Magen hinuntersank. „Vor kurzem haben Sie noch gesagt, ich würde schrecklich aussehen."

„Ich habe meine Meinung geändert. Bevor ich mich zum Dienst melde, möchte ich mit Ihnen über letzte Nacht sprechen. Über Sie und mich."

„Das ist keine gute Idee."

„Nein, ist es nicht." Dennoch ließ er ihre Hand nicht los. „Ich bin ein Cop, und Sie sind mein Auftrag. Darum kommen wir nicht herum." Sie atmete fast schon erleichtert auf, als er fortfuhr: „Genauso wenig, wie wir um die Tatsache herumkommen, dass ich Sie so sehr begehre, dass es schmerzt."

Sie wurde sehr still, so still, dass sie ihren eigenen Herzschlag in ihrem Kopf dröhnen hörte. Sehr langsam bewegte sie ihre Augen, nur ihre Augen, bis sie auf seine trafen. Jetzt sind sie nicht so ruhig, dachte sie. Ein Feuer brannte in ihnen, kaum zurückgehalten. Es war erregend, schrecklich erregend.

„Lausiges Timing", fuhr er fort, als sie nichts sagte. „Aber man kann sich wahrscheinlich nicht immer den richtigen Zeitpunkt und den richtigen Ort aussuchen. Ich werde meinen Job machen, aber Sie sollten wissen, dass ich Schwierigkeiten habe, objektiv zu bleiben. Wenn Sie wollen, dass Ihnen jemand anderer zugeteilt wird, sollten Sie das lieber jetzt sagen."

„Nein." Sie antwortete zu schnell, und sie zwang sich zu einem Rückzieher. „Ich glaube nicht, dass ich einem neuen Cop gewachsen wäre." Alles ganz leicht halten, mahnte sie sich. „Ich bin nicht wild darauf, überhaupt einen bei mir zu haben, aber an Sie habe ich mich wenigstens fast schon gewöhnt." Sie ertappte sich dabei, wie sie an ihrem Daumennagel kaute, und ließ ihre Hand in ihren Schoß sinken. „Was das andere angeht ... wir sind keine Kinder. Wir können ... damit umgehen."

Er wusste, dass er von ihr nicht das Eingeständnis erwarten sollte, dass das Verlangen nicht völlig einseitig war. Also wollte er noch eine Weile abwarten.

Als er aufstand, sprang sie so schnell auf, dass er lachte. „Ich will das Geschirr spülen, O'Roarke, nicht über Sie herfallen."

„Ich spüle." Sie hätte sich selbst treten können. „Der eine kocht, der andere macht sauber. O'Roarke-Regeln", erklärte sie.

„Fein. Sie haben mittags eine öffentliche Veranstaltung, richtig?"

„Woher wissen Sie das?"

„Ich habe mir Ihren Tagesplan angesehen. Planen Sie genug Zeit ein, dass wir bei mir vorbeifahren, damit ich duschen und mich umziehen kann."

„Ich werde mit Dutzenden von Leuten in einem Einkaufszentrum sein", setzte sie an. „Ich glaube nicht …"

„Aber ich." Damit ließ er sie allein.

Boyd lag faul auf der Couch herum mit einer Zeitung und einer letzten Tasse Kaffee, als Cilla die Treppe herunterkam. Er warf ihr einen Blick zu, und der lässige Kommentar darüber, dass sie sich schnell umgezogen hatte, erstarb, bevor er seine Lippen erreichte. Er war froh, dass er schon saß, sonst hätte er sich jetzt setzen müssen.

Sie trug Rot. Ein lebhaftes, den Verkehr ins Stocken bringendes Rot. Der kurze Lederrock schmiegte sich um ihre Hüften und reichte nur bis zum halben Schenkel. Ihre übliche Jeans hatte ihm keine wahre Vorstellung davon gegeben, wie lang und wie gut geformt ihre Beine waren. Die Jacke aus dem gleichen Material wurde schräg über ihrem Körper von seitlichen Verschlüssen gehalten. Er fragte sich, was sie darunter trug.

Sie hatte etwas mit ihren Haaren gemacht. Es war noch immer zerzaust, jetzt aber kunstvoller und auf jeden Fall ansprechender. Ihr Gesicht bemerkte er endlich, als er aufstand. Sie hatte auch daran etwas getan – die Wangenknochen hervorgehoben, die Augen betont, den Lippen einen leichten Glanz verliehen.

„Macht es Ihnen etwas aus, wenn ich unseren Sender einstelle?“ fragte sie, nachdem sie in seinen Wagen gestiegen waren.

„Nein. Im Gegenteil. Er liegt auf Stationstaste drei. Vorprogrammiert.“

Erfreut schaltete sie ein. Das Morgenteam plauderte, unterstrich die Scherze mit Geräuscheffekten. Sie priesen ein demnächst stattfindendes Konzert an und versprachen, in der nächsten Stunde noch zwei Karten zu verschenken, und luden dann die Zuhörer in das Einkaufszentrum ein, um Cilla O'Roarke live und in persona zu erleben.

Als die Musik begann, entspannte Cilla sich und blickte aus dem Fenster. Der Tag versprach warm und sonnig zu werden. Vielleicht waren das die ersten Vorboten des Frühlings. Es war ihr erster Frühling in Colorado. Sie hatte eine Schwäche für diese Jahreszeit und liebte es, die Blätter knospen und wachsen und die Blumen erblühen zu sehen.

Sie konzentrierte sich auf ihre Umgebung. Sie sah große Bäume, die im Sommer Schatten spendeten, getrimmte Hecken, die für Abgeschiedenheit sorgten. Ein langer, sanft ansteigender Hang führte zu einem anmutigen dreigeschossigen Haus, das aus Stein und Holz erbaut war. Dutzende hoher, schlanker Fenster schimmerten im Sonnenschein. „Wo sind wir?“

„Bei mir zu Hause. Ich muss mich doch umziehen.“

„Das ist Ihr Haus?“

„Richtig. Jedermann muss irgendwo leben.“

Wie wahr, dachte sie, als sie das Tor aufstieß. Aber keiner der Cops, die sie je kennen gelernt hatte, hatte so schön gewohnt. Ein langer Rundblick zeigte ihr, dass sie sich in einer alteingesessenen, etablierten und wohlhabenden Nachbarschaft befanden. In einer Country-Club-Nachbarschaft.

Verwirrt folgte sie Boyd einen Steinpfad zu einer Bogentür. Das Foyer war weitläufig, die Böden schimmerten kirschrot, die Decken waren gewölbt. An den Wänden hingen Gemälde bekannter Künstler des zwanzigsten Jahrhunderts. Eine geschwungene Treppe führte zum ersten Stock hinauf.

„Nun ja“, sagte sie. „Und ich dachte, Sie wären ein ehrlicher Cop.“

„Ich bin ein ehrlicher Cop.“ Er streifte seinen Mantel ab und warf ihn über das Geländer.

Sie hatte keine Zweifel an seiner Ehrlichkeit, aber das Haus und alles, was es repräsentierte, machte sie nervös. „Vermutlich haben Sie das alles von einem reichen Onkel geerbt.“

„Großmutter.“ Er ergriff ihren Arm und führte sie durch einen hohen Türbogen.

Der Wohnraum wurde von einem gemauerten Kamin beherrscht. Doch hervorstechend an dem Raum war das Licht, das durch je drei Fenster an jeder Außenwand einfiel.

Antiquitäten wechselten sich mit modernen Skulpturen ab. Hinter einem anderen Bogen meinte sie, ein Speisezimmer zu sehen.

„Das muss vielleicht eine Großmutter gewesen sein.“

„Sie war schon was. Sie leitete Fletcher Industries, bis sie siebzig wurde.“

„Und was ist Fletcher Industries? Davon habe ich noch nie etwas gehört!“

Er zuckte die Schultern. „Familienbetrieb. Grundbesitz, Vieh, Bergwerke."

„Bergwerke." Sie stieß den Atem aus. „Gold?"

„Unter anderem."

Sie verschränkte ihre Finger ineinander, um nicht an ihren Nägeln zu kauen. „Warum zählen Sie dann nicht Ihr Gold und sind stattdessen ein Cop?"

„Ich bin gern ein Cop." Er ergriff ihre unruhige Hand. „Stimmt was nicht damit?"

„Nein. Aber Sie sollten sich umziehen. Ich muss zeitig da sein, um mich vorzubereiten."

„Ich brauche nicht lang."

Sie wartete, bis er gegangen war, ehe sie auf eines der Zweiersofas sank. Fletcher Industries, dachte sie. Das klang wichtig. Sogar bedeutend. Nachdem sie in ihrer Tasche nach einer Zigarette gegraben hatte, betrachtete sie erneut den Raum.

Elegant, geschmackvoll, reich. Und haushoch über ihrer Klasse.

Es war schon schwierig genug gewesen, als sie noch dachte, sie würden sich auf annähernd gleicher Ebene bewegen.

Sie gab es nicht gern zu, aber der Gedanke war irgendwo im Hintergrund ihres Kopfes vorhanden gewesen, dass vielleicht, nur vielleicht, eine Beziehung zwischen ihnen möglich war. Nein, eine Freundschaft. Sie konnte sich niemals mit jemandem ernsthaft einlassen, der bei der Polizei war.

Aber jetzt war er nicht bloß ein Cop. Er war ein reicher Cop. Sein Name stand womöglich sogar in irgendeinem gesellschaftlichen Register. Menschen, die in Häusern wie diesem lebten, hatten für gewöhnlich römische Ziffern hinter ihren Namen.

Boyd Fletcher III.

Sie war bloß Priscilla Alice O'Roarke aus einem winzigen Nest in Georgia, das nicht einmal ein Fleck auf der Landkarte war. Sicher, sie hatte etwas aus sich gemacht, und zwar aus sich heraus, aber man löste sich doch nie ganz von seinen Wurzeln.

Sie stand auf, ging zu dem Kamin und warf ihre Zigarette hinein.

Sie wünschte, er würde sich beeilen. Sie wollte aus diesem Haus verschwinden und zu ihrer Arbeit zurückkehren. Sie wollte vergessen, in welchem Schlamassel ihr Leben plötzlich steckte.

Cilla stand an den Fenstern, als Boyd zurückkam. Licht fiel auf ihr Haar, ihr Gesicht. Er hatte sie sich nie dort vorgestellt, aber als er sie so sah, wusste er, dass er sie genau dort gewollt hatte.

Es rüttelte ihn auf und erfüllte ihn mit schmerzlichem Sehnen, wie gut sie in sein Haus passte. In sein Leben. In seine Träume.

Sie wird mit sich hadern, dachte er. Sie wird kämpfen und sich dagegen wehren und wegrennen, als wäre der Teufel hinter ihr her, falls ich ihr die Chance gebe. Er lächelte, als er zu ihr ans Fenster ging. Er würde ihr einfach nicht die Chance geben zu fluchen.

„Cilla."

Erschrocken wirbelte sie herum. „Oh, ich habe Sie nicht gehört. Ich war ..."

Die Worte erstickten, als er sie an sich zog und ihren Mund gefangen nahm.

Erdbeben, Fluten, Stürme. Woher hätte sie wissen sollen, dass ein Kuss mit so zerstörerischen Naturkatastrophen in Verbindung gebracht werden konnte?

Sie wollte das nicht. Sie wollte es mehr als atmen. Sie musste ihn wegschieben. Sie zog ihn näher. Es war falsch und verrückt. Es war richtig und herrlich verrückt.

Sie presste sich an ihn, und während ihr Mund seinen wilden Forderungen antwortete, erkannte sie, dass alles, wovon sie sich eben noch hatte überzeugen wollen, eine Lüge war. Wozu musste sie erst ihre

Gefühle erforschen, wenn sie alle an der Oberfläche trieben?

Sie brauchte ihn. Wie sehr sie das auch ängstigen mochte, für den Moment durchströmte sie das Wissen wie Wein. Sie schien ihr Leben lang darauf gewartet zu haben, jemanden so zu brauchen. So zu fühlen. Zitternd und stark, benommen und scharfsichtig, nachgiebig und angespannt wie eine Feder.

Seine Hände glitten über das Leder, als er sie an sich drückte. Konnte sie denn nicht sehen, wie perfekt sie zusammenpassten? Er wollte sie es sagen hören, es stöhnen hören, dass sie ihn genauso verzweifelt begehrte wie er sie.

Sie stöhnte tatsächlich, als er seine Lippen über ihren Hals streichen ließ. Das Hämmern ihres Pulses erhitzte den Duft, den sie an ihren Hals getupft hatte. Stöhnend zog er an den Verschlüssen ihrer roten Lederjacke. Darunter fand er nichts als Cilla.

Sie bog sich zurück, und der Atem stockte ihr, als er ihre Brüste umfing. Unter seiner Berührung schienen sie sich mit einer heißen, schweren Flüssigkeit zu füllen. Als ihre Knie nachgaben, klammerte sie sich an seinen Schultern fest und erschauerte, während seine Daumen ihre Nippel zu harten, pulsierenden Spitzen aufreizten.

Ohne zu denken, umschlang sie ihn, tauchte in einen tiefen intimen Kuss, der sie beide schwanken ließ. Sie zerrte an seiner Jacke, um ihn so zu berühren, wie er sie berührte. Ihre Hand glitt über das Leder seines Halfters und stieß gegen seine Waffe.

Es war wie eine Ohrfeige, wie ein Schwall Eiswasser. Als habe sie sich verbrannt, riss sie ihre Hand weg und zuckte zurück. Unsicher stützte sie sich auf einen Tisch und schüttelte den Kopf.

„Das ist ein Fehler." Sie brachte die Worte langsam hervor, als wäre sie betrunken. „Ich will mich auf nichts einlassen."

„Zu spät." Er fühlte sich, als wäre er aus vollem Lauf gegen eine Mauer geprallt.

„Nein." Bedächtig schloss sie ihre Jacke wieder. „Es ist nicht zu spät. Mir geht eine Menge im Kopf herum und dir auch."

Er rang um die Geduld, die stets Teil seiner Natur gewesen war. Zum ersten Mal seit Tagen sehnte er sich richtig nach einer Zigarette. „Und?"

„Nichts und. Ich finde, wir sollten gehen."

Er hob die Hand. „Bevor wir gehen, willst du mir da noch sagen, dass du gar nichts empfindest?"

Sie zwang sich dazu, ihn anzusehen. „Es wäre dumm abzustreiten, dass ich mich zu dir hingezogen fühle. Du weißt bereits, dass du auf mich wirkst."

„Ich möchte dich heute Nacht hierher zurückbringen."

Sie schüttelte den Kopf. Sie konnte es sich nicht einmal für einen Moment leisten, sich vorzustellen, wie es wäre, mit ihm zusammen zu sein. „Ich kann nicht. Es gibt Gründe."

„Du hast mir schon gesagt, dass es keinen anderen Mann gibt." Er trat auf sie zu, berührte sie jedoch nicht. „Und wenn es einen gäbe, würde es mich den Teufel scheren."

„Das hat nichts mit anderen Männern zu tun. Es hat mit mir zu tun."

„Genau. Warum sagst du mir nicht, wovor du Angst hast?"

„Ich habe Angst davor, das Telefon abzunehmen." Das stimmte, war jedoch nicht der Grund. „Ich habe Angst vor dem Schlafengehen, und ich habe Angst vor dem Aufwachen."

Jetzt berührte er sie, nur mit einer Fingerspitze an der Wange. „Ich weiß, was du durchmachst, und glaube mir, ich würde alles tun, damit es aufhört. Aber wir beide wissen, dass das nicht der Grund ist, aus dem du vor mir zurückweichst."

„Ich habe noch andere."

„Nenne mir einen."

Ärgerlich griff sie zu ihrer Handtasche. „Du bist ein Cop."

„Und?"

Sie warf den Kopf zurück. „Meine Mutter war auch einer." Bevor er etwas sagen konnte, ging sie mit langen Schritten ins Foyer, um ihren Mantel zu holen.

„Cilla ..."

„Lass mich einfach in Ruhe, Boyd. Ich meine es ernst." Sie schlüpfte in ihren Mantel. „Ich kann es mir nicht leisten, vor einer Show so aufgewühlt zu sein. Lieber Himmel, mein Leben ist auch ohne das bereits genug versaut. Wenn du keine Ruhe geben kannst, rufe ich deinen Captain an und sage ihm, dass er mir jemand anderes zuteilen soll. Und jetzt kannst du mich zum Einkaufszentrum bringen, oder ich rufe ein Taxi."

Noch ein kleiner Stoß, und sie geriet über die Absturzkante hinaus. Jetzt war nicht der richtige Zeitpunkt für sie, um diesen Sturz zu erleben.

„Ich bringe dich hin", sagte er. „Und ich lasse dich in Ruhe. Vorerst."

5. KAPITEL

Er stand zu seinem Wort. Für den Rest dieses Tages und den ganzen nächsten Tag sprachen sie über nichts, das nicht direkt mit dem Fall zu tun hatte.

Und Althea war diejenige, die in den beiden folgenden Nächten bei Cilla im Studio war und die Anrufe mitverfolgte. Aber das war schon in Ordnung, redete Cilla sich ein. Das Letzte, was sie in ihrem Leben gebrauchen konnte, war ein Cop mit einem trägen Lächeln, der aus einem reichen Background kam.

Althea bot ihr eine Tasse an. „Waren zwei lausige Wochen, wie?"

„Die lausigsten."

„Wir werden ihn kriegen, Cilla."

„Daran klammere ich mich." Sie wählte die nächste Platte, ließ sich mit der Ansage Zeit. „Warum sind Sie Cop geworden?"

„Ich schätze, ich wollte auf einem Gebiet gut sein. Und das war es."

„Haben Sie einen Ehemann?"

„Nein." Althea war nicht sicher, wohin diese Fragen führten. „Viele Männer werden abgeschreckt, wenn eine Frau eine Waffe trägt." Sie zögerte und beschloss dann vorzupreschen. „Sie könnten den Eindruck bekommen haben, dass da zwischen Boyd und mir etwas ist."

„Es ist schwer, nicht diesen Eindruck zu bekommen." Cilla bat mit einer Geste um Schweigen, dann öffnete sie das Mikro, um den nächsten Song einzuleiten. „Sie beide scheinen sehr gut zusammenzupassen."

Als würde sie darüber nachdenken, saß Althea da und nippte an ihrem Kaffee. „Wissen Sie, ich hätte nicht gedacht, dass Sie in dieses Klischeedenken verfallen könnten, dass, wenn ein Mann und eine Frau zusammenarbeiten, sie auch miteinander herummachen müssen."

„Das habe ich nicht gedacht." Empört schoss Cilla auf ihrem Stuhl hoch und sank bei Altheas sanftem Lächeln wieder zurück. „Okay, ich habe es gedacht", räumte sie ein. „Schätze, Sie haben sich den Quatsch schon ziemlich oft anhören müssen."

„Nicht öfter als Sie, vermutlich." Sie machte eine das Studio umfassende Geste. „Eine attraktive Frau in einem Job, den normalerweise Männer ausüben."

Cilla wählte eine CD aus und ließ zwei Finger folgen.

Als die Anrufe eingingen, hatte Cilla Angst vor dem Telefon, Angst davor, was am anderen Ende der Leitung warten mochte. Aber sie beantwortete Anruf um Anruf, und es hörte sich an, als würde sie es mühelos erledigen. Wäre Althea nicht im Studio gewesen und hätte sie nicht gesehen, wie die Anspannung sich in Cillas Gesicht zeigte, wäre sie völlig getäuscht worden.

Sie gab den Leuten ihre Musik und ein paar Momente ihrer Zeit. Auch wenn ihre Hand unsicher war, drückten ihre Finger trotzdem die erleuchteten Tasten.

Der Klang von Cillas Stimme riss sie aus ihren Gedanken. Sie erkannte die Angst, verspürte Mitgefühl mit ihr, stand auf und massierte ihr die verkrampften Schultern. „Halten Sie ihn am Reden", wisperte sie. „Halten Sie ihn so lange wie möglich hin."

Cilla blockte ab, was er sagte. Sie hatte entdeckt, dass es ihr half, bei klarem Verstand zu bleiben, wenn sie die bösartigen Drohungen ignorierte, die Verheißungen, die das Blut gefrieren ließen. Stattdessen hielt sie ihren Blick auf die Uhr gerichtet, auf der die schon abgelaufene Zeit angezeigt wurde und freute sich grimmig zu sehen, dass bereits die Ein-

Minuten-Marke überschritten und der Kerl noch immer in der Leitung war.

Sie stellte ihm Fragen, zwang sich, ihre Stimme ruhig und gelassen zu halten. Er hatte es am liebsten, wenn sie die Beherrschung verlor. Er würde ihr drohen, bis sie zu betteln anfing. Dann erst würde er zufrieden auflegen, weil er sie wieder fertig gemacht hatte.

Heute Nacht kämpfte sie darum, nichts zu hören und nur zu beobachten, wie die Sekunden wegtickten.

„Ich habe Ihnen nichts getan", sagte sie. „Sie wissen, dass ich Ihnen nichts getan habe."

„Aber ihm. Er ist tot, und zwar deinetwegen."

„Wem habe ich wehgetan? Würden Sie mir seinen Namen sagen, könnte ich ..."

„Ich will, dass du dich erinnerst. Ich will, dass du seinen Namen aussprichst, bevor ich dich töte."

Sie schloss die Augen und versuchte, ihren Kopf mit Klängen zu füllen, während er genau beschrieb, wie er sie töten wollte.

„Er muss für Sie sehr wichtig gewesen sein. Sie müssen ihn geliebt haben."

„Er war alles für mich. Alles, was ich hatte. Er war so jung. Er hatte noch sein ganzes Leben vor sich. Aber du hast ihn verletzt. Du hast ihn betrogen. Auge um Auge. Dein Leben für seines. Bald. Sehr bald."

Als er auflegte, sendete sie schnell den nächsten Song. Nach der Absage würde ihre Stimme wieder kräftig klingen. Die anderen blinkenden Lichter ignorierend, zog sie eine Zigarette heraus.

„Sie haben eine Spur." Althea legte den Hörer zurück und legte dann ihre Hand auf Cillas Schulter. „Sie haben eine Spur. Sie waren heute Nacht verteufelt gut, Cilla", sagte sie.

„Ja." Sie schloss die Augen. Jetzt brauchte sie nur noch die nächste Stunde und zehn Minuten zu überstehen. „Werden sie ihn erwischen?"

„Wir werden es bald wissen. Das ist der erste richtige Durchbruch für uns. Halten Sie sich daran fest."

Cilla wäre gern erleichtert gewesen. Sie lehnte sich zurück, während Althea sie heimfuhr, und fragte sich, warum sie diesen Schritt nicht als einen Schritt vorwärts ansehen konnte. Sie hatten den Anruf zurückverfolgt. Bedeutete das denn nicht, dass sie herausfanden, wo er wohnte? Sie mussten auf einen Namen stoßen, und sie konnten ihm ein Gesicht zuordnen, eine Person, zusammen mit einem Namen.

Sie würde hingehen und ihn sich ansehen. Dazu wollte sie sich zwingen. Sie wollte in dieses Gesicht blicken, in diese Augen, und sie wollte versuchen, das Bindeglied zu finden zwischen ihm und dem, was sie in der Vergangenheit getan hatte, um solchen Hass auszulösen.

Dann wollte sie versuchen, damit zu leben.

Sie entdeckte Boyds Wagen am Straßenrand vor ihrem Haus. Er stand auf dem Bürgersteig, den Mantel aufgeknöpft. Obwohl der Kalender anzeigte, dass es Frühling war, war die Nacht kalt genug, dass Cilla seinen Atem sehen konnte. Aber nicht seine Augen.

Cilla packte kraftvoll den Türgriff, stieß die Tür auf. Er wartete, bis sie auf ihn zukam.

„Gehen wir hinein."

„Ich will es wissen." Sie sah jetzt seine Augen und verstand. „Ihr habt ihn nicht."

„Nein." Er blickte zu seiner Partnerin. Althea erkannte die Frustration, die er grimmig unter Kontrolle hielt.

„Was ist passiert?"

„Es war eine Telefonzelle, zwei Meilen vom Sender entfernt. Keine Fingerabdrücke. Er hat alles abgewischt."

Cilla kämpfte darum, noch eine Weile durchzuhalten. „Wir sind also keinen Schritt weitergekommen."

„Doch." Er ergriff ihre Hand, um sie in der seinen zu wärmen. „Er hat seinen ersten Fehler gemacht. Er wird andere machen."

Müde blickte sie über ihre Schulter. Waren das bloß ihre überstrapazierten Nerven, oder war er irgendwo da draußen, in der Dunkelheit, nahe genug, um alles zu sehen? Nahe genug, um alles zu hören?

„Komm schon, ich bringe dich hinein. Dir ist kalt."

„Ich bin in Ordnung." Sie konnte ihn nicht mitkommen lassen. Sie musste sich gehen lassen, und dafür brauchte sie Abgeschiedenheit. „Ich will heute Nacht über nichts mehr reden. Ich will einfach ins Bett gehen. Althea, danke für die Fahrt und alles andere." Sie ging rasch zur Haustür und verschwand im Haus.

„Sie muss das erst verarbeiten", sagte Althea und legte Fletcher ihre Hand auf den Arm.

Er wollte fluchen, irgendetwas mit seinen Händen zerschlagen. Stattdessen starrte er nur auf die geschlossene Tür. „Sie will nicht, dass ich ihr helfe."

„Nein, das will sie nicht." Sie beobachtete, wie im ersten Stock das Licht anging. „Soll ich nach einem Streifenpolizisten telefonieren, damit er das Haus beobachtet?"

„Nein, ich bleibe hier."

„Du hast keinen Dienst mehr, Fletcher."

„Stimmt. Wir können die Sache als privat betrachten."

„Willst du Gesellschaft?"

Er schüttelte den Kopf. „Nein, du brauchst Schlaf."

Althea zögerte, dann seufzte sie leise. „Du übernimmst die erste Schicht. Ich schlafe ohnedies besser in einem Auto als in einem Bett."

Leichter Raureif glitzerte wie Glas auf dem Rasen. Cilla seufzte, während sie ihn von ihrem Schlafzimmerfenster aus betrachtete. In Georgia blühten jetzt die Azaleen. Es war Jahre her, dass sie sich nach einem Zuhause gesehnt hatte. In der Kälte dieses Morgens in Colorado fragte sie sich, ob sie einen Fehler gemacht hatte, indem sie durch das halbe Land gezogen war und alle Orte, alle Erinnerungen ihrer Kindheit hinter sich gelassen hatte.

Sie ließ den Vorhang zurückfallen und wandte sich ab. Sie hatte über mehr nachzudenken als über Aprilfrost. Sie hatte auch Boyds Wagen gesehen, der noch immer am Straßenrand parkte. Sie zog sich an und fand Boyd, behaglich auf ihrer Couch ausgestreckt, Zeitung geöffnet, eine Tasse dampfenden Kaffee in seiner Hand. Sein Hemd war sorglos bis zur Mitte seiner Brust aufgeknöpft und von der letzten Nacht verknittert. Seine Jacke hatte er über die Rückenlehne der Couch geworfen, aber er trug noch immer sein Schulterhalfter.

Sie hatte noch nie jemanden kennen gelernt, der so mühelos mit seiner Umgebung verschmolz. Im Moment sah er aus, als würde er jeden Morgen seines Lebens an diesem Ort verbringen, hier bei ihr, die Sportseiten lesend und eine zweite Tasse Kaffee trinkend.

Er blickte zu ihr hoch. Obwohl er nicht lächelte, wirkte seine totale Entspanntheit beruhigend. „Guten Morgen."

„Guten Morgen." Verlegen ging sie auf ihn zu. Sie war nicht sicher, ob sie mit einer Entschuldigung oder einer Erklärung anfangen sollte.

„Deborah hat mich hereingelassen."

Sie nickte und wünschte sich, anstelle der Leggings eine Hose mit Taschen angezogen zu haben. Sie konnte nichts mit ihren Händen machen, außer sie ineinander zu verschränken. „Du warst die ganze Nacht hier."

„Teil des Services."

„Du hast in deinem Wagen geschlafen."

Er neigte den Kopf schräg. Ihr Ton klang fast wie ein Vorwurf. „Es war nicht das erste Mal."

„Es tut mir Leid." Mit einem langen bebenden Seufzer setzte sie sich auf den Beistelltisch ihm gegenüber. Ihre Knie stießen zusammen. Er hielt das für eine freundliche Geste. Eine der freundlichsten, die sie ihm je gezeigt hatte. „Ich hätte dich ins Haus lassen sollen. Ich hätte wissen müssen, dass du bleibst. Ich schätze, ich war ..."

„Durcheinander." Er reichte ihr seinen Kaffee. „Du hattest allen Grund dazu, Cilla."

„Ja." Sie trank und zuckte ein wenig wegen des Zuckers zusammen. „Ich hatte mir selbst eingeredet, ihr würdet ihn letzte Nacht schnappen. Es hat mich ... das ist merkwürdig, aber es hat mich sogar ein wenig nervös gemacht, mir vorzustellen, dass ich ihn endlich sehen und die ganze Geschichte erfahren würde. Als wir dann hierhin kamen und du mir sagtest ... Ich konnte nicht darüber sprechen. Ich konnte es einfach nicht."

„Es ist schon in Ordnung."

Ihr Lachen klang nur ein wenig bemüht. „Musst du so nett zu mir sein?"

„Wahrscheinlich nicht." Er streckte die Hand aus und berührte ihre Wange. „Wäre es besser, wenn ich dich anschreien würde?"

„Vielleicht." Unfähig zu widerstehen, hob sie ihre Hand zu der seinen. „Streiten fällt mir leichter, als vernünftig zu sein."

„Das habe ich bemerkt. Bist du je auf die Idee gekommen, dir einen Tag nur zum Entspannen freizunehmen?"

„Eigentlich nicht."

„Wie wäre es mit heute?"

„Ich wollte meinen Papierkram aufarbeiten. Und ich muss einen Klempner rufen. Wir haben eine undichte Stelle unter der Spüle." Sie ließ ihre Hand zu ihren Knien sinken, wo sie sich unruhig bewegte. „Ich bin an der Reihe mit der Wäsche. Und heute Abend lege ich die Platten auf bei diesem Klassentreffen im Stadtzentrum. Bill und Jim teilen sich meine Schicht."

„Ich habe davon gehört."

„Diese Klassentreffen ... da kann es ganz hübsch wild zugehen." Sie redete nur so herum und kam sich mit jeder Sekunde alberner vor. Er hatte ihr die leere Tasse abgenommen und weggestellt und hielt jetzt ihre Hände leicht fest. „Es kann allerdings auch viel Spaß geben. Vielleicht möchtest du kommen und ... ein wenig dableiben."

„Bittest du mich zu kommen und ... ein wenig dazubleiben wie bei einer Verabredung?"

„Ich werde arbeiten", begann sie und lenkte dann ein. Sie verstrickte sich immer tiefer. „Ja, so ungefähr."

„In Ordnung. Kann ich dich auch so ungefähr abholen?"

„Um sieben", sagte sie. „Ich muss zeitig genug da sein, um alles vorzubereiten."

„Dann sagen wir sechs. Wir können zuerst was essen."

„Ich ..." Tiefer und tiefer. „Also gut. Boyd, ich muss dir jetzt was sagen."

„Ich höre."

„Ich will noch immer keine Beziehung. Nicht ernsthaft."

„Mhm."

„Du bist völlig verkehrt für mich."

„Das ist nur einer der Punkte, in denen wir nicht einer Meinung sind." Er hielt sie fest, als er aufstand. „Lauf nicht auf und ab, Cilla. Atme nur ein paar Mal tief durch."

„Ich halte es für wichtig, dass wir von Anfang an wissen, wie weit das gehen kann und wo die Grenzen sind."

„Wollen wir eine Liebesaffäre haben, Cilla, oder eine Geschäftsvereinbarung?"

Er lächelte. Sie machte ein finsteres Gesicht.

„Ich finde, wir sollten es nicht eine Liebesaffäre nennen."

„Warum nicht?"

„Weil es ... weil eine Liebesaffäre gewisse Folgen nach sich zieht."

Er kämpfte gegen das nächste Lächeln an. Es hätte ihr nicht gefallen, dass sie ihn amüsierte. „Was für Folgen?" Langsam zog er ihre Hand an seine Lippen und beobachtete sie dabei.

„Eben ..."

Sein Mund strich über ihre Knöchel, und als ihre Finger erschlafften, drehte er ihre Hand um und drückte einen Kuss mitten auf die Handfläche.

„Eben ...?" drängte er.

„Eben Folgen. Boyd ..." Sie erschauerte, als seine Zähne über ihr Handgelenk glitten.

„Ist das alles, was du mir sagen wolltest?"

„Nein. Kannst du damit aufhören?"

„Wenn ich mich ernsthaft bemühe."

Sie ertappte sich dabei, dass sie lächelte. „Nun, dann bemühe dich ernsthaft. Ich kann nicht denken."

„Gefährliche Worte." Aber er hörte zu knabbern auf.

„Ich versuche, ernst zu sein."

„Ich auch." Erneut hinderte er sie am Aufstehen. „Versuch es mit diesem tiefen Durchatmen."

„Gut." Sie tat es und fuhr dann fort: „Letzte Nacht, als ich mich in der Dunkelheit hinlegte, hatte ich Angst. Ich hörte ihn, hörte diese Stimme, alles, was er zu mir gesagt hatte. Immer und immer wieder. Ich wusste, dass ich nicht daran denken durfte, weil ich sonst verrückt werden würde. Also habe ich an dich gedacht." Sie machte eine Pause und wartete auf den Mut zum Weitersprechen. „Und als ich an dich dachte, löschte das alles andere aus. Und ich hatte keine Angst mehr."

Seine Finger umspannten ihre Hand fester. Ihre Augen waren ruhig, aber er sah, wie ihre Lippen kurz bebten, bevor Cilla sie zusammenpresste. Er wusste, dass sie wartete. Darauf, was er tun, was er sagen würde. Sie konnte nicht wissen, konnte nicht ahnen, dass er in diesem Moment, in diesem winzigen Zeitabschnitt, die Grenze überschritt, an der er entlanggewandert war, und sich in sie verliebte.

Hätte er es ihr gesagt, hätte sie ihm nie geglaubt. Manchen Frauen musste man es zeigen. Es genügte ihnen nicht, es nur zu hören. Cilla war eine von ihnen.

Langsam stand er auf und zog sie mit sich, presste sie an sich, legte ihren Kopf an seine Schulter und schlang seine Arme um sie. Er fühlte, wie sie vor Erleichterung erschauerte, als er die Umarmung ruhig hielt und nichts forderte.

Das war genau, was sie brauchte. Woher wusste er das immer? Festgehalten zu werden, einfach so, ohne Worte, ohne Versprechungen. Die solide Wärme seines Körpers zu fühlen, den festen Griff seiner Hände, den gleichmäßigen Schlag seines Herzens.

„Boyd?"

„Ja." Er wandte den Kopf und küsste ihr Haar.

„Vielleicht stört es mich gar nicht, dass du nett zu mir bist."

„Wir können es ja mal ausprobieren."

„Und vielleicht hast du mir sogar gefehlt.“

Jetzt war er an der Reihe, tief durchzuatmen, um sich zu beruhigen.

„Hör mal,“ flüsterte sie. Er schob seine Hände auf ihre Schultern. „Ich muss ein paar Anrufe erledigen. Danach könnten wir beide hier ein paar Stunden wie richtige Menschen verbringen. Wenn das Telefon klingelt, werdm wir uns nicht melden. Wenn jemand an die Tür kommt, warten wir, bis er wieder weggeht. Ich will nichts anderes, als dir ein Sandwich machen. Okay?“

„Sicher.“ Er drückte einen Kuss auf ihre Stirn. „Das ist das beste Angebot, das ich seit Jahren bekommen habe,“ flüsterte sie.

6. KAPITEL

Der Ballsaal war von Lärm erfüllt – Schlagzeug, Bass, Gitarre. Lichter wirbelten, Körper zuckten, Füße stampften. Cilla heizte die Stimmung mit ihrer Mitternachtsstimme an und genoss die Ergebnisse. Lachen, Musik, laute Unterhaltung. Cilla hatte ihre Finger an den Reglern. Sie kannte keines der Gesichter, aber es war ihre Party.

Himmel, er sieht wunderbar aus, dachte Cilla, während er sich der Bar zuwandte. Seltsam, sie hatte gedacht, ein rauchgraues Jackett würde für ihren Geschmack an einem Mann zu konservativ aussehen. An ihm wirkte es. So gut, stellte sie mit einem trockenen Lächeln fest, dass die Hälfte des weiblichen Anteils der Abschlussklasse von '75 die Augen auf ihn gerichtet hielt.

So ein Pech, Ladys, dachte sie. Er gehört ganz und gar mir. Zumindest für den heutigen Abend, überlegte sie.

Ein wenig überrascht darüber, wo ihre Gedanken gelandet waren, kehrte sie in die Wirklichkeit zurück und wählte einen Zettel aus dem Stapel mit Musikwünschen neben dem Plattenteller. Ein nostalgischer

Haufen, fand sie, als sie wieder einen fünfzehn Jahre alten Hit heraussuchte.

„Das ist für Rick und Sue, die Süßen von der High School, die seit zwölf Jahren verheiratet sind. Und dabei hieß es mal, es wäre nur eine Sandkastenliebe. Und jetzt ‚Rockin All Over The World'!"

„Hübsch gemacht", bemerkte Boyd.

Sie wandte den Kopf und lächelte. „Danke."

Er reichte ihr einen Softdrink voll Eis. „Ich habe nächstes Jahr ein Klassentreffen. Bist du schon ausgebucht?"

„Ich sehe auf meinem Terminkalender nach. Wow!" Sie sah zu, als ein paar Meter entfernt ein Paar loslegte. Andere Paare wichen zurück, als die beiden eine Spitzenvorstellung von „Dirty Dancing" gaben. „Sehr beeindruckend."

„Mmm. Tanzt du?"

„Nicht so." Sie stieß den Atem aus. „Ich wünschte, ich könnte es."

Er ergriff ihre Hand, bevor sie nach dem nächsten Zettel mit einem Musikwunsch greifen konnte.

Neue Tänzer strömten auf die Tanzfläche. Paare umschlangen einander, um sich im Takt zu wiegen. Cilla drehte sich um, wollte etwas zu Boyd sagen und fand sich an ihn gepresst wieder.

„Willst du tanzen?“ murmelte er.

Sie taten es schon. Körper schmiegte sich an Körper. Boyd nahm sie auf eine lange, erotisch langsame Drehung mit. „Ich muss arbeiten.“

„Mach eine Pause.“ Er senkte seinen Kopf und fing ihr Kinn zwischen seinen Zähnen ein. „Bis ich dich im Bett liebe, ist das hier das Zweitbeste.“

Sie würde widersprechen, da war er ganz sicher, doch sie bewegte sich mit ihm und passte ihren Körper seinen Bewegungen an. In stummer Kapitulation schlang sie ihre Arme um seinen Hals. Ihre Gesichter waren einander nahe, als er lächelte. Langsam und fest strich er mit seinen Händen über ihre Hüften, an ihren Seiten hoch bis zu ihren Brüsten, dann wieder hinunter.

Sie fühlte sich, als wäre sie vom Blitz getroffen worden.

„Du ... äh ... kennst ein paar nette Griffe, Schlaukopf.“

„Danke.“ Als ihre Lippen nur noch einen Hauch voneinander entfernt waren, drehte er den Kopf und ließ ihre Lippen hungrig zurück, während er an ihrem Hals knabberte. „Du duftest nach Sünde, Cilla. Das ist nur ein Punkt von vielen, die mich seit Tagen an dir zum Wahnsinn treiben.“

Sie wollte, dass er sie küsste. Sie sehnte sich danach. Sie stöhnte, als seine Hände in ihr Haar glitten und ihren Kopf zurückzogen. Ihre Augen schlossen sich in Vorfreude, aber er strich bloß mit seinen verlockenden Lippen über ihren Wangenknochen.

Atemlos klammerte sie sich an ihn und versuchte, sich durch den Nebel des Genusses zu kämpfen. Hunderte von Menschen waren um sie herum, und alle bewegten sich zu dem erotischen Rhythmus der Musik. Ich arbeite, erinnerte sie sich. Sie war eine vernünftige Frau – war zumindest immer eine gewesen – und musste heute Nacht einen Job erfüllen.

„Wenn du so weitermachst, kann ich keinen Plattenspieler mehr bedienen."

Er fühlte ihr Herz an seinem hämmern. Es reichte nicht aus, um ihn zu befriedigen. Aber es war genug, um ihm Hoffnung zu geben. „Dann müssen wir den Tanz wohl später beenden."

Als er sie losließ, drehte Cilla sich hastig um und griff wahllos nach einer Platte. Ein Begeisterungsschrei stieg hoch, als der Beat loshämmerte. Cilla hob ihr Haar von ihrem Nacken an, um ihn zu kühlen. Der Druck der Körper – oder der Druck eines Körpers – hatte die Temperatur hochgetrieben. Sie hatte nie die Erfahrung gemacht, was für ein gefährlicher Zeitvertreib Tanzen doch sein konnte.

„Willst du noch einen Drink?“ fragte Boyd, als sie ihr Glas leerte.

„Nein, alles in Ordnung.“ Sie fasste sich und griff nach dem obersten Wunschzettel auf dem Stapel. „Das sind nette Leute hier“, sagte sie und warf einen Blick durch den Saal. „Ich mag Klassentreffen.“

„Das habe ich mir schon gedacht.“

Sie lachte leise, als sie den Wunschzettel aufklappte. Ihr Lachen erstarb. Einen Moment dachte sie, ihr Herz wäre stehen geblieben. Vorsichtig schloss sie die Augen, aber als sie sie wieder öffnete, waren die Worte nicht verschwunden.

ICH WILL, DASS DU SCHREIST, WENN ICH DICH TÖTE.

„Cilla?“

Mit einem knappen Kopfschütteln reichte sie Boyd den Zettel.

Er ist da, dachte sie, und Panik zerrte an ihr, während sie den Saal absuchte. Irgendwo in dieser Menge lachender, plaudernder Paare beobachtete er sie. Und wartete.

Er war ihr nahe gekommen. So nahe, dass er diesen unschuldig aussehenden Zettel auf den Tisch legen konnte. Nahe genug, um ihr in die Augen sehen, vielleicht sogar lächeln zu können. Vielleicht hatte er mit ihr gesprochen. Und sie hatte es nicht gewusst. Sie hatte ihn nicht erkannt. Sie hatte nichts begriffen.

„Cilla."

Sie zuckte zusammen, als Boyd seine Hand auf ihre Schulter legte, und sie wäre zurückgetaumelt, hätte er sie nicht gestützt. „O Gott! Ich dachte, dass er mich heute Nacht, nur diese eine Nacht, in Ruhe lässt."

„Mach eine Pause."

„Ich kann nicht." Benommen verkrampfte sie ihre Hände ineinander und starrte in den Saal. „Ich muss ..."

„Ich muss telefonieren", erklärte er. „Ich will dich da haben, wo ich dich sehen kann."

Er könnte noch hier sein, dachte sie. Nahe genug, um sie zu berühren. Hatte er ein Messer? Dieses Messer mit der langen Klinge, das er ihr so hingebungsvoll beschrieben hatte? Wartete er auf den Moment, in dem die Musik laut war und das Gelächter einen Höhepunkt erreichte, um es ihr in den Leib zu stoßen?

„Komm schon!"

„Warte einen Moment." Die Fingernägel in die Handflächen grabend, beugte sie sich zu dem Mikro. „Wir machen eine kleine Pause, aber kühlt nicht ab. In zehn Minuten bin ich wieder hier, und dann rocken wir weiter." Mechanisch schaltete sie ihre Geräte ab. „Bleib dicht bei mir", flüsterte sie.

Einen Arm fest um ihre Taille geschlungen, führte Boyd sie durch die Menge. Jedes Mal, wenn sie gegen jemanden stießen, erschauerte sie. Als ein Mann sich zwischen den Leuten durchdrängte und ihre Hände ergriff, hätte sie beinahe aufgeschrien.

„Cilla O'Roarke." Er hatte ein freundliches, nettes Gesicht, erhitzt und schweißbedeckt von einer Runde auf der Tanzfläche. Er strahlte, während Cilla starr wie eine Statue stand und Boyd sich neben ihr spannte. „Tom Collins. Nicht der Drink", sagte er, noch immer strahlend. „Das ist mein Name. Ich bin der Vorsitzende des Komitees. Erinnern Sie sich?"

„Oh." Sie zwang ihre Lippen zu einem Lächeln. „Ja, sicher."

„Ich wollte Ihnen nur sagen, wie begeistert wir sind, Sie bei uns zu haben. Sie haben hier eine Menge Fans." Er ließ eine ihrer Hände los, um mit seinem Arm einen Bogen zu beschreiben. „Ich bin so ziemlich Ihr größter. Es vergeht kaum eine Nacht, in der ich nicht wenigstens einen Teil Ihrer Sendung höre. Ich habe letztes Jahr meine Frau verloren."

„Das ..." Sie räusperte sich. „Das tut mir Leid."

„Nein, ich meine, ich habe sie richtig verloren. Kam eines Abends heim, und sie und die Möbel waren weg. Ich habe sie nie gefunden – oder das ausklappbare Sofa." Er lachte herzlich, während Cilla nach etwas suchte, das sie sagen konnte. „Tatsache ist, dass Ihre Show mir durch etliche ziemlich einsame Nächte geholfen hat. Ich wollte Ihnen nur danken und Ihnen sagen, dass Sie heute Abend hier einen verdammt guten Job machen." Er drückte ihr eine Geschäftskarte in die Hand. „Ich handele mit Haushaltsgeräten. Sie rufen mich einfach an, wenn Sie einen neuen Kühlschrank brauchen." Er blinzelte. „Ich mache Ihnen einen guten Preis."

„Danke." Es sollte lustig sein, dachte sie. Später würde es lustig sein. „Nett, Sie zu sehen, Tom."

„Das Vergnügen ist ganz meinerseits." Er sah ihr nach und strahlte erneut.

Boyd steuerte sie aus dem Ballsaal und zum nächsten Münztelefon. „Bleib bei mir, okay?"

Sie nickte und schaffte sogar ein Lächeln zu einer Gruppe Frauen, die zur Damentoilette gingen. „Es geht mir schon etwas besser. Ich setze mich einen Moment da drüben hin.“ Sie deutete auf eine Gruppe von Stühlen und Topfpflanzen.

Sie ging hinüber und ließ die Beine unter sich wegknicken. Es war ein Albtraum. Bebend holte sie eine Zigarette hervor. Sie beobachtete die Leute, die im Saal ein und aus gingen. Jeder von ihnen kann es sein, dachte sie und bemühte sich um einen Funken des Wiedererkennens. Würde sie ihn erkennen, wenn sie ihn sah, oder war er ein völlig Fremder?

Sie sah zu, wie Boyd den Hörer aufhängte und zu ihr kam. „Und?“

„Thea kommt vorbei und holt den Zettel. Wir schicken ihn ins Labor.“ Seine Hand massierte die verkrampften Muskeln an ihrem Hals. „Ich glaube nicht, dass wir Fingerabdrücke finden werden.“

„Nein.“ Sie schätzte es, dass er ihr keine falschen Hoffnungen machte. „Glaubst du, er ist noch hier?“

„Ich weiß es nicht. Es ist ein großes Hotel, und für diese Veranstaltung gibt es keine Sicherheitsmaßnahmen, Cilla. Sinnlos, die Leute zu befragen. Wenn du früher aufhören willst, kann ich sagen, du wärst krank geworden.“

„Nein, das möchte ich nicht.“ Sie nahm einen

letzten langen Zug an ihrer Zigarette. „Die einzige Befriedigung für mich ist, nicht zusammenzubrechen. Besonders, wenn er noch irgendwo sein sollte."

„In Ordnung. Denk während der nächsten Stunde daran, dass ich nie weiter als einen halben Meter entfernt sein werde."

Sie legte ihre Hand in seine, als sie aufstand. „Boyd, er hat seine Methode geändert, indem er eine Nachricht geschrieben hat. Was meinst du, hat das zu bedeuten?"

„Es könnte eine ganze Menge bedeuten."

„Zum Beispiel?"

„Zum Beispiel war es die bequemste Art, heute Abend mit dir Kontakt aufzunehmen. Oder er wird allmählich nachlässig."

„Oder ungeduldig", fügte sie hinzu.

„Oder ungeduldig." Er legte seine Hände an ihr Gesicht.

„Er muss zuerst durch mich hindurch, Cilla. Ich verspreche dir, das wird nicht einfach sein."

Sie brachte sich zum Lächeln. „Cops glauben gern, sie wären tough."

„Nein." Er küsste sie leicht. „Cops müssen tough sein. Komm schon, vielleicht hast du ‚Dueling Banjos‘ da drinnen. Du könntest es für mich um der guten alten Zeiten willen spielen.“

„Vergiss es.“

Cilla stand es durch. Boyd hatte es nicht bezweifelt, aber die Art, wie sie es trotz ihrer Angst schaffte, erstaunte und beeindruckte ihn. Sie stockte nicht ein einziges Mal. Doch er sah, wie sie die Menge betrachtete, die Gesichter studierte, während die Musik um sie herum tobte.

Ihre Hände bewegten sich ständig, tappten den Beat auf dem Tisch mit, arbeiteten sich durch Platten hindurch, fummelten an den Pailletten auf ihrem T-Shirt herum.

Sie würde nie ruhig sein. Sie würde nie beruhigend sein. Sie würde stets von Nervosität und Ehrgeiz getrieben durchs Leben gehen. Sie würde eine fordernde und rastlose Gefährtin abgeben.

Nicht gerade, was ihm bei den seltenen Gelegenheiten vorgeschwebt hatte, wenn er an Heirat und Familie gedacht hatte. Nicht im Geringsten, erkannte er mit einem schwachen Lächeln. Aber sie war genau, was er wollte und was er sich vorgenommen hatte zu bekommen.

Er würde sie mit seinem Leben beschützen. Das

war seine Pflicht. Er würde sie ein Leben lang schätzen. Das war Liebe. Falls seine Pläne glatt liefen, würde sie bald den Unterschied erkennen.

Auch er betrachtete die Menge, studierte die Gesichter, suchte nach irgendeinem Anzeichen, irgendeiner Bewegung, die dieses schnelle Verkrampfen auslöste, das man Instinkt nannte. Aber die Musik tobte weiter. Die Partygäste lachten.

Er sah Althea hereinkommen. Er beobachtete sie und damit ging es ihm so wie den meisten Männern im Saal. Er musste lachen, als eine Frau ihrem Mann in die Rippen stieß, weil er die Rothaarige begaffte, die an der Tanzfläche entlangging.

„Du hast immer einen tollen Auftritt, Thea."

Sie zuckte nur die Schultern. Sie trug ein schlichtes, tief ausgeschnittenes, schulterfreies Cocktailkleid in Schwarz. „Ich sollte mich bei dir dafür bedanken, dass du mich von einem ärgerlich werdenden Abend gerettet hast. Meine Verabredung hatte eine Zahnbürste in der Tasche und eine Nacht voller wildem Sex im Kopf."

„Tier."

„Sind sie das nicht alle?" Sie blickte an ihm vorbei zu Cilla. Ihr Humor wurde von Sorge ersetzt. „Wie hält sie sich?"

„Sie ist unglaublich."

Althea hob eine geschwungene Augenbraue. „Partner, mein scharfer kriminalistischer Verstand führt mich zu der Annahme, dass du ernsthaft in das Objekt unseres Auftrags verknallt bist."

„Über Verknalltsein bin ich schon hinaus. Ich bin in sie verliebt." Er blickte von Cilla weg zu seiner Partnerin. Es gab nur wenige, mit denen er seine persönlichsten Gedanken teilte. „Ich denke an Heirat, Thea. Willst du meine Trauzeugin sein?"

„Du kannst auf mich zählen." Dennoch legte sie ihm die Hand auf den Arm. „Ich will nicht lästig sein, Boyd, aber du darfst dabei die Perspektive nicht verlieren. Die Lady ist in Schwierigkeiten."

Er kämpfte gegen seinen Ärger. „Ich kann als Cop und als Mann funktionieren." Weil er nicht weiter darüber diskutieren wollte, griff er in seine Tasche. „Hier ist der Zettel."

Sie überflog die Botschaft und steckte sie ein. „Mal sehen, was die Jungs im Labor machen können."

Er nickte bloß. „Der Exmann wirkt sauber. Senator Lomax ist seit sieben Jahren verheiratet und hat die durchschnittlichen eins Komma sechs Kinder. Er war seit drei Monaten nicht aus Atlanta weg."

„Ich habe endlich den Manager des Senders in Chicago erwischt. Er hatte nur Gutes über Cilla zu sagen. Ich habe seine Story überprüft, dass er in der letzten Woche seine Tochter in Rochester besucht hat. Es stimmt. Sie hat ein Mädchen bekommen. Siebeneinhalb Pfund. Er hat mir die persönlichen Daten der Discjockeys und Angestellten gefaxt, die im Sender waren, als Cilla dort arbeitete. Soweit nichts."

„Wenn ich am Montag zum Dienst komme, sehen wir uns die Sache genauer an."

„Ich wollte mir die Akte an diesem Wochenende genauer ansehen. Bleib an unserem Mädchen dran."

„Ich schulde dir einen Gefallen, Thea."

„Du schuldest mir mehr als einen Gefallen, aber wer zählt schon mit?" Sie ging und blieb einmal, dann ein zweites Mal stehen, um eine Aufforderung zum Tanzen abzulehnen. Dann erneut, um ein intimeres Angebot zurückzuweisen.

Weil eine Party höher geschätzt wurde, wenn sie mit einem heißen Höhepunkt endete, wählte Cilla die drei letzten Songs mehr nach ihrem Beat als nach ihren Gefühlen aus. Jacketts waren ausgezogen, Krawatten gelöst, und sorgfältige Frisuren hatten sich aufgelöst. Als der letzte Song endete, war die Tanzfläche gerammelt voll.

„Vielen Dank, Abschlussklasse von ’75, ihr wart großartig. Ich will euch alle hier zu eurem zwanzigsten Jahrestag wiedersehen!“

„Gute Arbeit“, sagte Boyd zu ihr.

Sie verstaute bereits die Schallplatten, während die Menge sich in Grüppchen aufteilte. Jetzt wurden Telefonnummern und Adressen ausgetauscht. Ein paar Abschiede würden tränenreich ausfallen. „Es ist noch nicht vorbei.“

Arbeit half. Sie musste die Ausrüstung abbauen und mit Hilfe des Hotelpersonals in Boyds Wagen verstauen. Dann kam die Fahrt zum Sender und das Ausladen. Danach würde sie sich vielleicht wieder erlauben zu denken.

„Es war wirklich gute Arbeit.“

Sie blickte überrascht auf. „Mark? Was machen Sie hier?“

„Ich könnte sagen, ich habe einen meiner Discjockeys überprüft.“ Er griff nach einer Single und lachte. „Himmel, sagen Sie nicht, dass Sie die tatsächlich gespielt haben.“

„Die Scheibe war 1975 ziemlich heiß.“ Misstrauisch nahm sie ihm die Platte weg. „Warum sagen Sie mir nicht, was Sie hier wirklich machen?“

Mit einem nostalgischen Gefühl blickte er sich

um. Er und seine Frau hatten sich auf der High School kennengelernt. „Ich bin hier, um meine Ausrüstung zu holen."

„Seit wann transportiert der Manager des Senders die Ausrüstung?"

„Ich bin der Boss", erinnerte er sie. „Ich kann tun, was immer ich will. Und genau jetzt …" Er blickte beiläufig auf seine Uhr. „… treten Sie Ihren Genesungsurlaub an."

Plötzlich war es sehr klar. Sie schoss Boyd einen anklagenden Blick zu. „Ich bin nicht krank."

„Sie sind krank, wenn ich sage, dass Sie es sind", entgegnete Mark. „Wenn ich Sie vor Ihrer Schicht Montagnacht im Sender sehe, sind Sie gefeuert."

„Verdammt, Mark."

„Keine Diskussion." Er milderte den Schlag. „Das ist Business, Cilla. Ich hatte schon Discjockeys, die von weniger Druck ausgebrannt waren, als Sie im Moment aushalten müssen. Ich will Sie auf lange Sicht behalten. Und es ist persönlich. Eine Menge Leute machen sich Sorgen um Sie."

„Ich werde damit fertig."

„Dann sollten Sie auch mit zwei freien Tagen fertig werden. Und jetzt raus hier."

„Aber wer wird denn …"

Boyd ergriff sie am Arm. „Du hast den Mann gehört."

„Ich hasse es, drangsaliert zu werden", murmelte sie, während er sie mit sich zog.

„Dein Pech. Wahrscheinlich denkst du, dass KHIP zusammenbricht, wenn du ein Wochenende nicht da bist."

Sie schoss ihm einen mörderischen Blick zu, ohne den Kopf zu drehen. „Darum geht es nicht."

„Nein, es geht darum, dass du Ruhe brauchst, und die wirst du mit mir finden."

Sie schnappte sich ihren Mantel, bevor er ihr damit helfen konnte. „Aber was soll ich denn bloß mit mir anfangen?"

„Wir lassen uns etwas einfallen."

Vor Zorn kochend, stakste sie auf den Parkplatz. Ein paar Nachzügler von dem Klassentreffen hingen bei ihren Wagen herum. Cilla ließ sich auf den Beifahrersitz fallen und machte ein finsteres Gesicht.

„Wieso redest du eigentlich von wir?"

„Weil ich durch einen sonderbaren Zufall auch das Wochenende freihabe."

Mit zusammengekniffenen Augen betrachtete sie ihn, während er gewissenhaft ihren Sicherheitsgurt einschnappen ließ. „Das riecht nach Verschwörung."

„Lass dich erst mal überraschen."

Er wählte bewusst eine Kassette mit klassischer Musik und schob sie in das Kassettengerät, bevor er vom Parkplatz fuhr.

„Mozart?" fragte sie giftig.

„Bach. Das nennt man Reinigung des Geschmacks."

Mit einem tiefen Seufzer griff sie nach einer Zigarette. Sie wollte nicht, dass Leute sich Sorgen um sie machten, wollte nicht zugeben, dass sie müde war. Sie war nicht bereit, einzuräumen, dass sie erleichtert war. „Bei diesem Zeug schlafe ich immer ein."

„Du könntest Ruhe vertragen."

Sie biss die Zähne zusammen, als sie den Anzünder eindrückte. „Ich mag es nicht, dass du zu Mark gerannt bist."

„Ich bin nicht zu Mark gerannt. Ich habe ihn angerufen und gemeint, du könntest eine Auszeit gebrauchen."

„Du weißt genau, dass ich auf mich selbst aufpassen kann, Schlaukopf."

„Deine Steuern werden dafür verwendet, dass ich auf dich aufpasse."

„Habe ich in letzter Zeit erwähnt, wie wenig ich Cops mag?“

„Nicht innerhalb der letzten vierundzwanzig Stunden.“

Offenbar schluckte er keinen der Köder, die sie ihm vor der Nase baumeln ließ, so dass sie ihren Ärger nicht in einem Streit abbauen konnte. Vielleicht war es so am besten, fand sie. Sie konnte die Zeit gebrauchen, um ihren Lesestoff aufzuarbeiten. Die letzten beiden Ausgaben von „Radio and Records“ warteten auf sie. Sie wollte auch eines der Gartenmagazine durchsehen, die mit der Post gekommen waren. Es wäre hübsch, Sommerblumen rings um das Haus zu pflanzen, vielleicht auch einige Büsche. Sie hatte keine Ahnung, was zu dem Klima in Denver passte.

Der Gedanke brachte sie zum Lächeln. Sie konnte einen Blumenkasten kaufen und eventuell auch einen von diesen Hängekörben. Wahrscheinlich merkte sie deshalb erst nach zwanzig Minuten, dass Boyd in die falsche Richtung fuhr.

„Wo sind wir?“ Sie setzte sich rasch auf.

„Auf dem 70er Richtung Westen.“

„Highway 70? Was, zum Teufel, machen wir auf dem 70er?“

„Wir fahren in die Berge."

„Die Berge." Benommen schob sie ihre zerzausten Haare zurück. „Welche Berge?"

„Ich glaube, sie werden die Rocky Mountains genannt", sagte er trocken. „Du könntest unter Umständen schon von ihnen gehört haben."

„Spar dir deine Witze. Du solltest mich nach Hause fahren."

„Das tue ich, sozusagen. Ich fahre dich zu meinem Haus."

„Ich habe dein Haus gesehen." Sie deutete mit dem Daumen. „Das ist da hinten."

„Da wohne ich in Denver. Jetzt fahren wir zu meinem Haus in den Bergen. Das ist eine sehr bequeme kleine Holzhütte. Hübsche Aussicht. Wir bleiben übers Wochenende da."

„Wir bleiben nirgendwo übers Wochenende." Sie drehte sich auf ihrem Sitz und starrte ihn wütend an. „Ich bestimme selbst, wo ich das Wochenende verbringe. Bei mir zu Hause."

„Das machen wir nächstes Wochenende", erwiderte er freundlich.

„Hör mal, Fletcher, als Cop solltest du wissen, dass es als Verbrechen angesehen wird, jemanden gegen seinen Willen wohin zu bringen."

„Du kannst mich anzeigen, wenn wir zurückkommen.“

„Okay, jetzt reicht es.“ Es hatte keinen Sinn, die Beherrschung zu verlieren, ermahnte sie sich. Dagegen war er immun. „Du glaubst vielleicht, dass du das zu meinem Besten machst, aber dabei geht es auch noch um andere Menschen. Unter gar keinen Umständen lasse ich Deborah allein in diesem Haus, während dieser Irre frei herumläuft und nach mir sucht.“

„Sehr guter Standpunkt.“ Er nahm eine Ausfahrt, und Cilla entspannte sich beinahe. „Deshalb verbringt sie zwei Tage bei Althea.“

„Ich ...“

„Sie lässt dir bestellen, dass du dir eine schöne Zeit machen sollst. Oh“, fuhr er fort, während Cilla unartikulierte Laute von sich gab, „sie hat für dich eine Tasche gepackt. Sie ist im Kofferraum.“

„Wann hast du das alles geplant?“ Ihre wundervolle Stimme war ruhig. Zu ruhig, fand Boyd und wappnete sich gegen den zu erwartenden Gewittersturm.

„Ich hatte heute etwas freie Zeit. Die Holzhütte wird dir gefallen. Sie ist friedlich, nicht zu entlegen und hat, wie schon gesagt, eine hübsche Aussicht.“

„Hauptsache, es gibt in der Nähe einen hübschen hohen Felsen, von dem ich dich werfen kann."

Er wurde auf der gewundenen Straße langsamer. „Den gibt es auch."

„Ich wusste, dass du vielleicht Nerven hast, Fletcher, aber das geht weit darüber hinaus. Was, zum Teufel, hat dich auf die Idee gebracht, du könntest mich einfach in einen Wagen setzen, das Leben meiner Schwester arrangieren und mich zu irgendeiner Hütte fahren?"

„Weißt Du, was ‚Brainstorm' ist? Das muss so ein Geistesblitz gewesen sein."

„Eher ein Gehirnschaden. Damit dir das klar ist. Ich kann rustikal nicht ausstehen. Ich mag keine ländliche Umgebung. Ich bin keine glückliche Camperin, und ich fahre da nicht hin."

„Du fährst bereits da hin."

Wie konnte er so Zorn erregend ruhig bleiben? „Wenn du mich nicht auf der Stelle zurückbringst, werde ich ..."

„Was?"

Sie knirschte mit den Zähnen. „Irgendwann musst du schlafen." Bei ihren eigenen Worten zuckte sie gewaltig zusammen. „Du Mistkerl", schleuderte sie ihm in einer neuen Zorneswoge entgegen. „Wenn das deine Art ist, mich ins Bett zu kriegen, hast du dich verrechnet. Lieber bleibe ich im Wagen sitzen und erfriere."

„Es gibt mehr als ein Schlafzimmer in der Hütte", erwiderte er sanft. „Du bist herzlich in meinem willkommen, kannst aber auch eins der anderen benutzen. Du hast die Wahl."

Sie sank auf ihrem Sitz in sich zusammen, weil ihr endlich die Worte ausgegangen waren.

7. KAPITEL

Cilla hatte nicht die Absicht, die Geschichte zu romantisieren. Entführt zu werden kam vielleicht in Büchern über adelige Damen und elegante Freibeuter vor, passte aber nicht gut ins Denver des zwanzigsten Jahrhunderts.

Sie hatte nicht die Absicht, ihre Haltung zu ändern. Wenn ihre einzig mögliche Rache in einer frostigen Distanz bestand, wollte sie diese sehr genau einhalten. Boyd sollte kein einziges Lächeln und kein einziges freundliches Wort bekommen, bis dieses lächerliche Wochenende vorbei war.

Deshalb war es so schlecht, dass sie das Haus zum ersten Mal im Mondschein erblickte.

Das nannte er eine Hütte? Cilla war dankbar, dass die Musik ihren überraschten Laut überdeckte. Ihre Vorstellung von einer Hütte war ein niedriger kleiner Holzbau irgendwo im Nichts und ohne alle Annehmlichkeiten. Die Art von Ort, an den Männer sich zurückzogen, wenn sie sich einen Bart wachsen lassen, Bier trinken und über Frauen klagen wollten.

Das Haus war aus Holz – einem weichen, gealterten Holz, das warm im Mondschein schimmerte.

Aber es war alles andere als klein. Auf mehreren Ebenen errichtet, mit interessanten Vorbauten und Fenstererkern, ruhte es majestätisch inmitten schneegesprenkelter Nadelbäume. Balkone, einige davon waren überdacht, andere offen, versprachen einen atemberaubenden Ausblick nach allen Richtungen. Das Metalldach blinkte und ließ Cilla sich ausmalen, wie es war, drinnen zu sitzen und dem Regen zu lauschen.

Doch starrsinnig unterdrückte sie alle Lobesworte und sprang aus dem Wagen. Der Schnee reichte ihr bis zur Hälfte der Waden und sickerte in ihre Schuhe.

„Großartig", murmelte sie. Sie überließ es Boyd, sich um das Gepäck zu kümmern, und stapfte auf die Veranda hinauf.

Dann ist das Haus halt schön, dachte sie. Spielt keine Rolle. Sie wollte trotzdem nicht hier sein. Aber da sie es nun schon mal war, und da die Möglichkeit entfiel, ein Taxi zu rufen, wollte sie den Mund halten, das Schlafzimmer wählen, das am weitesten von seinem entfernt war, und ins Bett kriechen. Vielleicht blieb sie achtundvierzig Stunden darin.

Cilla hielt den ersten Teil ihres Schwurs, als er zu ihr auf die Veranda kam. Die einzigen Geräusche waren das Knarren der Bretter unter seinem Gewicht und der Ruf von irgendetwas Wildem in den Wäldern. Nachdem er ihre Taschen abgestellt hatte, schloss er die Tür auf und lud Cilla mit einer Handbewegung zum Eintreten ein.

Es war dunkel. Und kalt. Irgendwie fühlte sie sich dadurch besser. Je ungemütlicher es war, desto gerechtfertigter war ihre üble Laune. Dann schaltete er die Lichter ein, und sie stand mit vor Staunen weit geöffnetem Mund da.

Der Hauptraum in der Mitte des Hauses war riesig, reichte bis unter das Dach mit grob bearbeiteten Balken und besaß einen wunderschönen Kamin aus Granit, vor dem Möbel mit dicken Kissen gruppiert waren. Der frei stehende Rauchabzug ragte bis zu dem hohen Dach hinauf. Eine Galerie zog sich über die ganze Breite des Raums hin und betonte die Grundnote von Weiträumigkeit und Holz. Als Gegensatz waren die Mauern in schlichtem Weiß gehalten, unterbrochen von glänzenden Einbauregalen und Türen und Fenstern mit vielen kleinen Scheiben.

Das hier war nicht im Geringsten wie die Bögen und Rundungen seines Hauses in Denver. Das Holzhaus bestand nur aus schlichten geraden Linien. Auf den breiten Brettern des Fußbodens lag nichts.

Schimmernde Stufen führten gerade zu der nächsten Ebene hinauf. Neben dem Kamin gab es eine Kiste, angefüllt mit Holzscheiten. Einen Hauch von Verspieltheit gab es nur in Form von grinsenden Messingdrachen, die als Kaminbock dienten.

„Es wird ziemlich schnell warm werden", meinte Boyd und dachte, dass sie schon wieder mit ihm reden würde, wenn sie dazu bereit war. Er schaltete die Heizung ein, bevor er seinen Mantel abstreifte und ihn an eine Spiegelgarderobe neben der Eingangstür hängte. Er ließ Cilla stehen, wo sie stand, ging an den Kamin und ordnete Feuerholz und Scheite übereinander. „Die Küche ist da hinten." Er zeigte die Richtung, während er ein Streichholz an zusammengeknülltes Zeitungspapier hielt. „Die Speisekammer ist voll, falls du hungrig bist."

Sie war es, aber der Teufel sollte sie holen, wenn sie das zugab. Es hätte ihr ein geradezu perverses Vergnügen bereitet, welche Dampfwolken ihr Atem vor ihrem Mund erzeugte. Schmollend beobachtete sie jetzt, wie die Flammen an den Holzscheiten züngelten. Sogar das macht er gut, dachte sie angewidert.

Als sie nicht antwortete, stand er auf und putzte sich die Hände ab. So stur sie auch war, er war sicher, dass er den längeren Atem haben würde. „Wenn du lieber ins Bett gehen willst, es gibt oben vier Schlafzimmer. Ganz zu schweigen von der Veranda, auf der man auch schlafen kann, aber es ist noch ein wenig zu kühl, um das auszuprobieren."

Sie wusste, dass er sich über sie lustig machte. Sie reckte ihr Kinn vor, packte ihre Tasche und marschierte die Treppe hinauf.

Es war schwer zu sagen, welches sein Zimmer war. Alle waren schön eingerichtet und einladend. Cilla wählte das kleinste. Obwohl sie es nur ungern zugab, war es bezaubernd mit seiner schrägen Decke, dem Bad mit den winzigen Fliesen und den Terrassentüren. Sie ließ die Tasche auf das schmale Bett fallen und sah nach, was ihre Schwester – Komplizin bei diesem Verbrechen – eingepackt hatte.

Der dicke weite Sweater und die Kordhose fanden Zustimmung, genau wie die festen Stiefel und Wollsocken. Die Tasche mit Toilettenartikeln und Kosmetika war ein Pluspunkt, auch wenn sie bezweifelte, dass sie Zeit mit Schminke und Parfum vergeuden würde. Anstelle ihres Bronco-Jerseys und ihres ausgefransten Chenille-Morgenmantels fand sie einen Hauch von schwarzer Seide mit einem passenden – und sehr durchsichtigen – Mantel. Ein Zettel lag bei.

„Ein paar Wochen verfrüht alles Gute zum Geburtstag.
Bis Montag!
In Liebe, Deborah.“

Cilla atmete tief aus. Ihre eigene Schwester, dachte sie. Ihre eigene kleine Schwester. Behutsam hielt sie die durchsichtige Seide hoch. Was hatte Deborah sich bloß dabei gedacht, so etwas einzupacken? Vielleicht blieb diese Frage am besten unbeantwortet. Dann schlief sie eben in dem dicken Sweater, aber sie konnte trotzdem nicht widerstehen, mit den Fingern über die schwarze Seide zu streichen.

Sie fühlte sich ... nun ja, wundervoll an. Sie gönnte sich selten etwas so Unpraktisches. Ein kleiner Teil ihres Kleiderschranks war für Outfits wie das reserviert, was sie zu dem Klassentreffen getragen hatte. Das waren für sie aber mehr Kostümierungen als Kleider. Der Rest war praktisch und bequem.

Deborah hätte nicht so extravagant sein sollen. Aber das sah ihr ähnlich. Seufzend ließ Cilla die Seide durch ihre Hände gleiten.

Es konnte ja nichts schaden, es einmal anzuprobieren. Immerhin war es ein Geschenk. Und niemand würde es sehen.

Wärme begann aus den Lüftungsöffnungen zu strömen. Dankbar schlüpfte Cilla aus ihrem Mantel und streifte die Schuhe ab. Sie wollte sich ein heißes Bad in dieser hübschen frei stehenden Wanne gönnen, und dann wollte sie unter diese sehr bequem wirkende Quilt-Decke kriechen und schlafen.

Sie wollte es. Wirklich. Aber das heiße Wasser lullte sie ein. Das Päckchen mit Schaumbad, das Deborah eingepackt hatte, war unwiderstehlich gewesen. Jetzt war sie von Wohlgerüchen umhüllt. Sie döste beinahe dahinträumend ein, während das schaumige parfümierte Wasser über ihre Haut plätscherte.

Dann war da auch noch dieses Oberlicht über der Wanne, dieses kleine Rechteck Glas, das einen Blick auf das Funkeln der Sterne erlaubte. Versöhnlich, dachte Cilla mit einem Seufzer und sank tiefer in die Wanne. Romantisch. Geradezu sündig besänftigend.

Vermutlich war es albern gewesen, die beiden Kerzen auf dem Fensterbrett anzuzünden, anstatt die Deckenlampe einzuschalten. Aber es war zu verlockend gewesen. Und während sie träumend im Wasser lag, trieb der Duft der Kerzen zu ihr.

Ich mache nur das Beste aus einer schlimmen Situation, versicherte sie sich, als sie sich träge aus der

Wanne erhob. Sie löste ihr Haar und ließ es über ihre Schultern fallen, als sie in das Nachtgewand schlüpfte, das Deborah ihr geschenkt hatte.

Es hatte so gut wie überhaupt kein Rückenteil, bemerkte sie, nur einen albernen kleinen Volant, der kaum das Nötigste bedeckte. An der Vorderseite verschlangen sich dünne schimmernde Bänder kreuzweise und endeten in der Mitte in einer kleinen Schleife, genau unterhalb ihrer Brüste. Obwohl die Brüste kaum bedeckt waren, wurden sie von irgendeinem schlauen Geheimnis im Schnitt angehoben und wirkten voller.

Trotz ihrer besten Absichten fuhr sie mit einer Fingerspitze über die Bänder und malte sich aus, wie es wäre, wenn Boyd sie öffnete. Wie es wäre, wenn seine Finger über ihre Haut strichen, die sie soeben so verwöhnt hatte. Würde er langsam vorgehen, Band um Band, oder würde er einfach daran zerren, bis ...

Lieber Himmel!

Sie verwünschte sich, riss die Tür auf und jagte aus dem dampferfüllten Bad.

Derartige Tagträume waren lächerlich, ermahnte sie sich. Sie war nie eine Tagträumerin gewesen. Immer, immer hatte sie gewusst, wohin sie wollte und wie sie dorthin kam. Seit ihrer Kindheit hatte sie keine Zeit mit Fantasien verschwendet, die keine Verbindung zu Ehrgeiz oder Erfolg hatten.

Ganz sicher wollte sie nicht von einem Mann träumen, wie sehr sie auch zu ihm hingezogen sein mochte, wenn es absolut keine Möglichkeit gab, dass diese Tagträume angenehme Wirklichkeit wurden.

Sie wollte zu Bett gehen. Sie wollte ihre Gedanken abstellen. Und sie wollte beten, dass sie auch dieses Verlangen abstellen konnte, das in ihr fraß. Bevor sie ihre Tasche auf den Boden stellen konnte, sah sie das Glas neben dem Bett.

Es war ein langstieliges Kristallglas, gefüllt mit einer blassgoldenen Flüssigkeit. Sie kostete und schloss die Augen. Wein. Wundervoll, weich. Wahrscheinlich französisch. Sie drehte sich um und sah sich selbst in dem großen Drehspiegel in der Ecke.

Ihre Augen waren dunkel, ihre Haut erhitzt. Sie sah so weich, so nachgiebig, so anschmiegsam aus. Was macht er bloß mit mir, fragte sie sich. Und wieso funktioniert es?

Bevor sie ihre Meinung ändern konnte, schlüpfte sie in den dünnen Seidenmantel und machte sich auf die Suche nach ihm.

Er las schon seit fast einer Stunde dieselbe Seite. Dachte dabei an sie. Verwünschte sie. Begehrte sie. Es hatte ihn seine ganze Selbstbeherrschung gekostet, diesen Wein neben ihr Bett zu stellen und das Zimmer zu verlassen, obwohl er sie träge in der Wanne plätschern hörte, nur durch eine Tür getrennt.

Es war ja nun nicht alles nur einseitig. Er wusste, wann eine Frau interessiert war. Es war ja nicht alles nur körperlich. Er war in sie verliebt, verdammt noch mal. Und wenn sie zu dumm war, um das zu erkennen, musste er ihr eben seine Liebe gegen den Kopf knallen.

Er legte das Buch auf seinen Schoß, lauschte dem Blues von Billie Holiday und starrte in das Feuer. Die munteren Flammen hatten die Kälte in dem Schlafzimmer gebrochen. Das war der praktische Grund, weshalb er hier drinnen genauso ein Feuer gemacht hatte wie im Hauptraum. Aber es gab noch einen anderen, einen romantischen Grund. Er war verärgert, dass er von Cilla geträumt hatte, als er Scheite und Feuerholz aufgeschichtet hatte.

Sie war zu ihm gekommen, hatte etwas Dünnes, Fließendes, Verführerisches getragen. Sie hatte gelächelt, die Hände ausgestreckt. Hatte sich an ihn geschmiegt. Als er sie auf seine Arme hob, zum Bett trug, hatten sie ...

Träum weiter, sagte er sich. Der Tag, an dem Cilla O'Roarke freiwillig zu ihm kam, mit einem Lächeln und einer offenen Hand, das würde der Tag sein, an dem sie in der Hölle Schneemänner bauten.

Dabei hatte sie Gefühle für ihn, verdammt noch mal. Eine ganze Menge. Und wäre sie nicht so dickköpfig gewesen, so entschlossen, all diese unglaubliche Leidenschaft wegzuschließen, würde sie nicht so viel Zeit damit verbringen, an ihren Nägeln zu kauen und sich Zigaretten anzustecken.

Zornig, zugeknöpft und zaudernd, das ist Priscilla Alice O'Roarke, dachte er grimmig. Er griff nach seinem Weinglas für einen spöttischen Toast. Es fiel ihm fast aus der Hand, als er sie in der Tür stehen sah.

„Ich möchte mit dir sprechen." Sie hatte auf dem kurzen Weg über den Korridor das meiste an Mut eingebüßt, aber sie schaffte es, den Raum zu betreten. Sie wollte sich nicht von der Tatsache einschüchtern lassen, dass er vor einem knisternden Feuer saß und nichts außer einem Sweatsuit trug.

Er musste etwas trinken. Nach einem Schluck Wein schaffte er ein Lächeln. Er war nahe daran zu glauben, dass er wieder träumte – aber sie lächelte nicht. „Ja?"

Sie wollte sprechen, ermahnte sie sich. Sagen, was ihr auf der Seele lag, und die Luft reinigen. Aber sie brauchte vorher einen Schluck von ihrem eigenen Wein. „Mir ist klar, dass deine Motive, mich heute Abend hierher zu bringen, im Grunde wohlmeinender Natur sind, aber deine Methoden waren unglaublich arrogant." Sie fragte sich, ob sie für ihn genauso albern klang wie für sich selbst. Sie wartete auf eine Antwort, aber er starrte sie nur unverwandt an. „Boyd?"

Er schüttelte den Kopf. „Was?"

„Hast du nichts zu sagen?"

„Worüber?"

Sie gab einen kleinen frustrierten Laut von sich, als sie näher kam. Sie knallte ihr Glas auf einen Tisch, und der restliche Wein schwappte bis zum Rand hoch. „Nachdem du mich schon hier heraufgeschleppt hast, ist das Mindeste, was du machen kannst, dass du mir zuhörst, wenn ich mich beklage."

Er konnte kaum atmen, noch weniger zuhören. Aus Selbstverteidigung nahm er noch einen langen Schluck Wein. „Hättest du auch nur ein Mindestmaß an Bein ... Verstand“, verbesserte er sich zähneknirschend, „wüsstest du, dass dir zwei Tage fern von allem gut tun.“

Zorn flammte in ihren Augen auf und machte sie nur noch erregender. Hinter ihr schossen die Flammen hoch, und das Licht drang durch die dünne Seide, die sie am Leib trug. „Und du hast es übernommen, für mich die Entscheidung zu fällen.“

„Das ist richtig.“ Mit einer ruckartigen Bewegung stellte er sein Glas beiseite, damit es ihm nicht aus den Fingern rutschte. „Hätte ich dich gebeten, für zwei Tage hierher zu kommen, hättest du ein Dutzend Entschuldigungen gefunden, warum du nicht kannst.“

„Wir werden nie erfahren, was ich getan hätte“, entgegnete sie. „Weil du mir nicht die Gelegenheit gegeben hast, meine eigene Wahl zu treffen.“

„Ich bemühe mich verdammt hart, dir jetzt die Gelegenheit zu geben“, murmelte er.

„Wozu?“

Mit einem Fluch stand er auf und wandte sich ab. Die Hände gegen die Wand gestützt, begann er, nicht allzu sanft mit seiner Stirn dagegen zu schlagen. Während sie ihn beobachtete, stritt Verwirrung mit Zorn in ihr.

„Was machst du da?“

„Ich schlage meinen Kopf gegen die Wand. Wonach sieht das denn aus, was ich hier mache?“ Er stoppte und stützte seine Stirn gegen das Holz.

Offenbar war sie nicht der einzige Mensch hier unter zu viel Druck, überlegte Cilla. Sie räusperte sich. „Boyd, warum schlägst du deinen Kopf gegen die Wand?“

Er lachte auf, rieb sich mit den Händen über sein Gesicht und drehte sich um. „Ich habe keine Ahnung. Ich möchte das nur tun, seit ich dich kennen gelernt habe.“ Sie stand jetzt ein wenig unsicher da und fuhr nervös mit den Fingerspitzen an dem Seidenrevers auf und ab. Es fiel ihm nicht leicht, aber nach einem tiefen Atemzug fand er doch einen schwachen Halt an seiner Selbstbeherrschung. „Warum gehst du nicht ins Bett, Cilla? Morgen früh kannst du dann auseinander nehmen, was von mir noch übrig ist.“

„Ich verstehe dich nicht.“ Sie stieß die Worte hervor und begann dann, auf und ab zu laufen. Boyd öffnete den Mund, brachte jedoch nicht einmal ein Stöhnen zu Stande, während er auf ihren Rücken starrte, nackt, abgesehen von einem Nichts an schwarzer Seide, auf den aufregenden Schwung ihrer

Hüften, der noch von dem frechen kleinen Volant unterstrichen wurde. Sie sprach weiter, schnell wie ein Maschinengewehr und gereizt, aber er hörte es bloß als Summen in seinem Kopf.

„Um Himmels willen, hör auf mit dem Herumrennen." Er rieb sich seine Brust und war sicher, dass in spätestens einer Minute sein Herz explodierte. „Willst du mich umbringen?"

„Ich gehe immer auf und ab, wenn ich wütend bin", schleuderte sie zurück. „Wie kannst du erwarten, dass ich ruhig zu Bett gehe, nachdem du mich so hochgeputscht hast?"

„Ich habe dich hochgeputscht?" wiederholte er. Etwas bei ihm riss in diesem Moment. Er hätte schwören können, dass er es in seinem Kopf herumfliegen hörte, als er sie an den Armen packte. „Ich habe dich hochgeputscht? Das ist ja wirklich köstlich, O'Roarke. Sag mal, hast du dir dieses Ding heute Abend angezogen, um mich leiden zu lassen?"

„Ich ..." Sie blickte an sich hinunter und drehte sich unbehaglich. „Deborah hat es eingepackt. Ich habe nichts anderes."

„Wer immer es auch eingepackt hat, jetzt bist du darin eingepackt. Und du treibst mich zum Wahnsinn."

„Ich dachte bloß, wir sollten das alles klären." Noch eine Minute, und sie würde zu stammeln beginnen wie ein Kleinkind, das zum ersten Mal Worte formt. „Durchsprechen wie Erwachsene."

„Ich denke in diesem Moment sehr wie ein Erwachsener. Wenn du reden willst, da ist eine ganze Truhe voll mit großen dicken Wolldecken. Du kannst dich in eine einwickeln."

Sie brauchte keine Decke. Ihr war ohnedies schon viel zu warm. Das Holzfeuer im Kamin loderte hell, und wenn er noch weiter mit seinen Händen über die Seide an ihren Armen auf und ab rieb, würde sich ihre Haut unter der Reibung entzünden.

„Vielleicht wollte ich dich ein klein wenig leiden lassen."

„Es hat funktioniert." Seine Finger spielten mit diesem Hauch von nichts, als es von ihrer rechten Schulter glitt. „Cilla, ich mache es dir nicht leicht und zerre dich nicht zu diesem Bett. Ich will nicht behaupten, dass mir die Idee nicht sehr gefällt. Aber wenn wir uns lieben, dann musst du morgen früh aufwachen und wissen, dass es deine Entscheidung war."

War es das nicht, weshalb sie zu ihm gekommen war? Hatte sie nicht gehofft, er würde die Dinge in die Hand nehmen? Das machte sie zu einem Feigling – und auf eine miese Art zu einer Betrügerin.

„Es ist nicht einfach für mich."

„Das sollte es aber sein." Er ließ seine Hände zu ihren herabsinken. „Wenn du bereit bist."

Sie hob ihren Kopf. Er wartete – genauso reizbar wie sie, aber er wartete. „Ich glaube, ich war bereit, seit ich dich getroffen habe."

Ein Beben durchlief ihn, und er kämpfte gegen die selbst angelegte Leine. „Sag einfach Ja."

Das war nicht genug, fand sie. Wenn etwas wichtig war, brauchte man mehr als ein schlichtes Wort.

„Lass bitte meine Hände los."

Er hielt sie noch einen Moment fest und forschte in ihrem Gesicht. Langsam entspannten sich seine Finger und lösten sich von ihren. Bevor er zurückweichen konnte, kam sie ihm entgegen und schlang ihre Arme um seinen Hals. „Ich will dich, Boyd. Ich möchte heute Nacht mit dir zusammen sein."

Sie hob ihm ihre Lippen entgegen. Es hatte schon genug Worte gegeben. Warm und willig sank sie gegen ihn.

Für einen Moment konnte er nicht atmen. Der Ansturm auf seine Sinne war zu überwältigend. Ihr Geschmack, ihr Duft, das Gleiten von Seide auf Seide. Ihr Seufzer, als sie ihre Lippen über seinen Mund streichen ließ.

Er erinnerte sich an den Tritt in den Magen, den er von einem preisgekrönten Hengst seines Vaters erhalten hatte. Dies hier machte ihn genauso schwach. Er wollte genießen, ertrinken, sich selbst verlieren, Zentimeter um Zentimeter. Doch als er ihr das Nachtgewand von den Schultern schob, zog sie ihn schon zum Bett.

Sie war wie ein Wirbelsturm. Ihre Hände rasten, pressten, zerrten, gefolgt von der verrückten erotischen Reise ihres Mundes. Der Druck stieg zu schnell, doch als Boyd nach ihr griff, schlüpfte sie aus der Seide und hetzte weiter.

Sie wollte nicht, dass er es bedauerte, sie zu begehren. Das hätte sie nicht ertragen. Wenn sie schon diese eine Nacht lang alle Vorsicht in den Wind schlug, musste sie wenigstens wissen, dass es ihm etwas bedeutete. Dass er sich später daran erinnern würde.

Seine Haut war heiß und feucht. Sie wünschte sich, länger bei dem Geschmack verweilen zu können, bei dem Gefühl seiner Haut unter ihren Fingern. Aber sie dachte, Männer würden Tempo und Kraft bevorzugen.

Sie hörte ihn stöhnen. Es begeisterte sie. Als sie ihn auszog, tauchten seine Hände in ihr Haar. Er murmelte etwas – ihren Namen und noch mehr –, aber sie wusste nicht, was. Sie glaubte, sein Drängen zu verstehen, seine Art, wie er sie gegen sich zog. Als er sich auf sie rollte, flüsterte sie ihre Zustimmung und nahm ihn in sich auf.

Er erstarrte. Mit einer Verwünschung versuchte er, sich zu beherrschen und zurückzuziehen, doch ihre Hüften hoben sich an und stießen ihm entgegen und ließen seinem Körper keine andere Wahl.

Ihre Lippen lächelten, als er auf ihr lag, sein Gesicht in ihrem Haar vergraben, sein Atem noch immer schaudernd. Das wird er nicht bedauern, dachte sie und streichelte besänftigend seine Schulter. Und sie auch nicht. Es war mehr, als sie je zuvor gehabt hatte. Mehr, als sie je erwartet hatte. Sie hatte Wärme empfunden, als er sie erfüllte, und eine stille Zufriedenheit, als sie fühlte, wie er sich in ihr ergoss. Sie dachte, wie schön es doch wäre, jetzt die Augen zu schließen und einzuschlafen, während sein Körper noch warm auf ihr lag.

Er verfluchte sich pausenlos. Er war wütend über seinen Mangel an Selbstbeherrschung, perplex darüber, wie Cilla sie beide vom Kuss zur Erfüllung gejagt hatte. Er hatte sie kaum berührt – in mehr als einer Hinsicht. Obwohl sie diejenige gewesen war, die dieses schnelle Tempo vorgegeben hatte, wusste er, dass sie der Befriedigung nicht einmal nahe gekommen war.

Er kämpfte um Ruhe, rollte sich von ihr und starrte zur Zimmerdecke. Sie hatte Sprengladungen in ihm ausgelöst, und obwohl sie explodiert waren, hatte keiner von ihnen die Freude mit dem anderen geteilt.

„Warum hast du das gemacht?“ fragte er.

Ihre Hand stockte, als sie seine Haare streicheln wollte. „Ich verstehe dich nicht. Ich dachte, du wolltest mich lieben.“

„Das wollte ich auch.“ Er setzte sich auf und strich ihr Haar aus ihrem Gesicht zurück. „Ich dachte, du wolltest es ebenfalls.“

„Aber ich dachte, Männer möchten ...“ Sie schloss die Augen, als alle Wärme aus ihr wich. „Ich habe dir gesagt, dass ich nicht gut darin bin.“

Er fluchte so hart, dass sie zusammenfuhr. Hastig kletterte sie aus dem Bett und schlüpfte in ihren Umhang.

„Wohin, zum Teufel, gehst du?“

„Ins Bett.“ Weil ihre Stimme von Tränen erstickt klang, senkte sie sie. „Wir können das einfach als Fehler abhaken.“ Sie bückte sich nach ihrem Nachtgewand und hörte die Tür zuschlagen. Sie zuckte hoch und sah, wie Boyd den Schlüssel im Schloss umdrehte und dann quer durch den Raum schleuderte. „Ich will nicht hier bei dir bleiben.“

„Dein Pech. Du hast dich bereits entschieden.“

Sie ballte ihr Nachtgewand zusammen und presste es gegen ihre Brust. Also ist er wütend, dachte sie. Und diesmal echt. Das würde nicht der erste Streit sein, den sie wegen ihrer Unfähigkeit im Bett auszufechten hatte. Alte Wunden, alte Zweifel durchströmten sie, bis sie starr vor Verlegenheit dastand.

„Hör mal, ich habe getan, was ich kann. Wenn es nicht gut genug war, fein. Lass mich einfach gehen.“

„Nicht gut genug war“, wiederholte er. Als er auf sie zutrat, wich sie zurück und stieß gegen das geschnitzte Fußbänkchen. „Jemand sollte dir etwas Verstand in deinen Schädel hämmern. In einem Bett sind zwei Menschen, Cilla, und was sich da abspielt, sollte gegenseitig sein. Ich habe keine verdammte Technikerin gesucht.“

Die zornige Rötung schwand aus ihrem Gesicht,

bis es schneeweiß war. Ihre Augen füllten sich mit Tränen. Er presste seine Finger gegen seine Augen und fluchte. Er hatte sie nicht verletzen, sondern ihr nur zeigen wollen, dass er eine Partnerin wollte.

„Du hast nichts gefühlt."

„Doch." Sie wischte wütend Tränen von ihrer Wange. Niemand brachte sie zum Weinen. Niemand!

„Dann war es ein Wunder. Cilla, du hast kaum zugelassen, dass ich dich berühre. Ich mache dir keinen Vorwurf." Er tat noch einen Schritt, aber sie wich ihm aus. Um Geduld ringend, blieb er stehen, wo er war. „Ich habe dich schließlich nicht abgewehrt. Ich dachte ... Sagen wir, als ich begriff, war es zu spät, um etwas dagegen zu machen. Ich möchte es an dir wieder gutmachen."

„Da ist nichts gutzumachen." Sie hatte sich wieder unter Kontrolle. Augen trocken, Stimme ruhig. Sie wollte sterben. „Wir vergessen es einfach. Ich will, dass du die Tür aufschließt."

Er stieß den Atem aus und zuckte die Schultern. Als er sich zur Tür wandte, wollte sie ihm folgen, aber er schaltete nur das Licht aus.

„Was machst du?"

„Wir haben es auf deine Art versucht." Im Mondschein ging er durch das Zimmer und zündete eine Kerze an, dann noch eine und noch eine. Er drehte die Platte um, die stumm auf einem Plattenspieler lag, und brachte den Arm in Stellung. Der vibrierende Klang eines Saxophons erfüllte den Raum. „Jetzt versuchen wir es auf meine Art."

Sie begann, vor Verlegenheit und Angst zu zittern. „Ich sagte, ich möchte ins Bett gehen."

„Gut." Er hob sie auf seine Arme. „Ich auch."

„Ich habe für eine Nacht schon genug Demütigung eingesteckt", presste sie zwischen ihren Zähnen hervor.

Sie sah etwas in seinen Augen, etwas Dunkles, aber seine Stimme blieb ruhig. „Es tut mir Leid. Ich wollte dir nicht wehtun."

Obwohl sie sich steif hielt, senkte er sie sanft auf das Bett. Seine Augen auf die ihren gerichtet, breitete er ihr Haar aus, ließ seine Finger verweilen. „Hier habe ich dich mir vorgestellt, bei Kerzenschein, mit deinem Haar auf meinem Kissen." Er strich mit seinen Lippen über die ihren. „Mondschein und Feuerschein auf deiner Haut. Nichts und niemand in weitem Umkreis außer dir."

Gerührt wandte sie ihren Kopf ab. Sie wollte sich nicht von Worten verführen und wieder einen Narren aus sich machen lassen. Er lächelte bloß und drückte seine Lippen auf ihren Hals.

„Ich liebe eine Herausforderung. Ich werde dich lieben, Cilla." Er streifte den Träger des Umhangs von ihrer Schulter, um mit seinem Mund über ihre Haut zu gleiten. „Ich werde dich an Orte bringen, von denen du nie geträumt hast." Er ergriff ihre Hand, erfreut, dass ihr Puls sich beschleunigt hatte. „Du solltest keine Angst davor haben zu genießen."

„Ich habe keine Angst."

„Du hast Angst, dich zu entspannen, dich gehen zu lassen, jemanden nahe genug an dich heranzulassen, dass er herausfindet, was in deinem Inneren vorgeht."

Sie wollte abrücken, aber seine Arme schlangen sich um sie. „Wir hatten bereits Sex."

„Allerdings." Er küsste erst ihren einen Mundwinkel, dann den anderen. „Und jetzt machen wir Liebe."

Sie wollte ihr Gesicht abwenden, aber er legte seine Hände an ihren Kopf. Als sein Mund sich erneut auf ihren senkte, schnellte ihr das Herz bis zum Hals hoch. Er war so sanft, so verlockend. Als seine Fingerspitzen über ihr Gesicht glitten, gab sie ein ersticktes Seufzen von sich. Er tauchte mit seiner Zunge zwischen ihre geöffneten Lippen, um ihre Zunge zu reizen.

„Ich will nicht ..." Sie stöhnte, als seine Zähne sachte in ihre Unterlippe bissen.

„Sag mir, was du willst."

„Ich weiß es nicht." Sie empfand einen süßen Taumel und ihr Verstand vernebelte sich bereits. Sie hob eine Hand, um ihn wegzuschieben, ließ sie jedoch schlaff auf seiner Schulter liegen.

„Dann biete ich dir eine Auswahlpalette an." Zu seinem und ihrem Genuss legte er eine Spur von Küssen über ihren Hals. „Wenn ich fertig bin, kannst du mir sagen, was dir am besten gefallen hat."

Er raunte ihr sanfte, verträumte Worte zu, die durch ihren Kopf trieben. Dann berauschte er sie mit einem Kuss – lang, lässig, luxuriös. Obwohl ihr Körper zu zittern begonnen hatte, berührte er sie kaum – nur seine Fingerspitzen strichen über ihre Schultern, über ihr Gesicht, über ihr Haar.

Seine Zunge glitt über den Ansatz ihrer Brüste, genau oberhalb des Saums aus schwarzer Spitze. Ihre Haut ist wie Honig, dachte er, als er in das Tal dazwischen tauchte. Ihr Herz hämmerte, doch als sie nach ihm tastete, ergriff er ihre Hände.

Er ließ sich Zeit, ließ sich schrecklich viel Zeit,

während er die Spitze mit seinen Zähnen tiefer schob. Sie bog sich ihm entgegen, bot sich ihm an. Ihre Finger stemmten sich gegen die seinen. Er murmelte nur etwas und zog den zweiten Bogen Spitze herunter, eine feuchte Spur hinterlassend.

Sein eigener Atem war kurz und flach, aber er unterdrückte den Drang, sie gierig zu nehmen. Mit aufreizenden Küssen mit weit geöffnetem Mund umkreiste er ihre steifen Brustwarzen, ließ seine heiße Zunge darüber schnellen, bis sie erschauerte und seinen Namen schluchzte. Mit einem genussvollen Stöhnen begann er zu saugen.

Sie fühlte den Druck tief in sich, Anspannung und Nachlassen im Rhythmus seines geschickten Mundes, anwachsend, sich aufbauend, emporsteigend, bis sie daran zu sterben meinte.

Ihr Atem ging stoßweise, als sie sich unter ihm wand. Ihre Nägel gruben sich hart in seine Handrücken, während ihr Körper sich durchbog, von einem krampfartigen Gefühl getrieben. Sie hörte ihren eigenen Aufschrei, ihr erleichtertes und gequältes Keuchen, als etwas in ihr barst. Heiße Messer, die sich zu seidigen Schmetterlingsflügeln wandelten. Ein Schmerz, der eine aller Vernunft widersprechende Lust brachte.

Als jeder Muskel in ihrem Körper erschlaffte, bedeckte er ihren Mund mit dem seinen. „Lieber Himmel, du bist unglaublich."

„Ich kann nicht denken."

„Sollst du auch nicht. Nur fühlen."

Er streckte sie lang aus. Sie war darauf vorbereitet, dass er sie nahm. Er hatte ihr bereits mehr gegeben, als sie jemals gehabt hatte. Hatte ihr mehr gezeigt, als sie sich jemals vorgestellt hatte. Er begann, den Umhang mit unendlicher Sorgfalt zu öffnen, mit unendlicher Geduld. Seine Augen waren auf ihr Gesicht gerichtet. Er liebte es, ihre Empfindungen daran ablesen zu können. Jede neue Empfindung, jedes neue Gefühl. Er hörte das Flüstern von Seide auf ihrer Haut, als er den Stoff wegzog. Er fühlte Leidenschaft von ihr ausstrahlen, als er seinen Mund auf die bebende Haut an ihrem Bauch presste.

Sie schien zu treiben, während sie seine Haare streichelte, ließ ihren Geist dorthin folgen, wohin ihr Körper so verzweifelt strebte. Dies war Himmel, fordernder, erregender, erotischer als jedes Paradies, das sie sich hätte erträumen können. Sie fühlte die Laken, heiß von ihrem eigenen Körper, unter ihr zerwühlt. Und den Hauch von Seide, wie er langsam, langsam von ihr rutschte. Seine von Lust feuchte Haut glitt über sie. Als ihre Lippen sich seufzend öffneten, konnte sie ihn noch schmecken, voll und männlich. Kerzenschein spielte auf ihren geschlossenen Lidern.

Es gab so viel aufzusaugen, so viel zu erfahren. Wenn dies ewig so weiterging, würde es trotzdem zu früh enden.

Er wusste, dass sie jetzt ihm gehörte. Viel mehr als bei seinem Eindringen in sie. Ihr Körper war lang und schlank und hell in dem Mondschein. Ihr Atem war schnell und ruhig. Und es war sein Name, nur sein Name, den sie aussprach, wenn er sie berührte. Ihre Hände spannten sich an seinen Schultern an, drängten ihn voran.

Er glitt über ihre Beine hinunter, nahm die Seide mit, legte eine Spur von knabbernden Küssen auf seinem Weg. Der Duft ihrer Haut war eine quälende Köstlichkeit, an der er sich endlos hätte aufhalten können. Doch ihr Körper war unruhig, hielt sich bereit. Er wusste, dass sie sich schmerzlich sehnte, genau wie er.

Er strich mit seiner Fingerspitze an ihrem Schenkel hoch, über diese empfindliche Haut, nahe, so nahe zu dem Zentrum der Hitze. Als er in sie glitt, war sie feucht und bereit.

Dem atemlosen Stöhnen folgte der Zauber seiner Hände, der sie über einen neuen und höheren Gipfel katapultierte. Von dieser Kraft benommen, bog sie sich ihm entgegen, erschauerte wieder und wieder, während sie höher kletterte. Obwohl ihre Hände sich an ihm festklammerten, trieb er sie weiter mit seinem Mund und mit seinen geschickten und rastlosen Fingern, bis sie über die Lust hinaus ins Delirium schoss.

Dann schlangen sich ihre Arme um ihn, und sie rollten gemeinsam über das Bett, trieben davon. Die Zeit für Geduld war vorbei. Die Zeit der Gier hatte begonnen.

Er rang nach Atem, als ihre Hände über ihn strichen. Genau wie beim ersten Mal zerstörte sie auch diesmal wieder seine Selbstbeherrschung durch ihre Berührung. Aber jetzt war sie bei ihm, Schritt für Schritt. Er sah ihre Augen leuchten, dunkel vor Leidenschaft, bodenlos vor Verlangen. Ihre feuchte Haut schimmerte von beidem in dem schattenwerfenden Licht.

Noch einmal senkte er seinen Mund auf ihren und erstickte ihren benommenen Aufschrei, als er sich in sie versenkte. Mit einem halben Schluchzen schlang sie ihre Arme und Beine um ihn und umklammerte ihn so fest, dass sie gemeinsam dem Wahnsinn entgegenjagen konnten.

Er war erschöpft. Schwach wie ein Baby. Und er war schwer. Mit seiner restlichen Kraft rollte Boyd sich herum und nahm Cilla mit sich, bis ihre Positionen vertauscht waren. Zufrieden drückte er ihren Kopf an sich und stellte fest, dass es ihm sehr gut gefiel, wie ihr Körper sich auf ihm ausstreckte.

Sie erschauerte. Er besänftigte.

„Kalt?"

Sie schüttelte bloß den Kopf.

Träge wie eine Katze streichelte er mit einer Hand über ihren nackten Rücken. „In ungefähr einer Stunde könnte ich genug Kraft aufbringen, um die Decken zu suchen."

„Mir geht es gut."

Doch ihre Stimme war nicht fest. Stirnrunzelnd legte Boyd eine Hand unter ihr Kinn und hob es an. Er sah eine Träne auf ihren Wimpern glitzern. „Was soll das?"

„Ich weine nicht", sagte sie heftig.

„Okay. Was machst du dann?"

Sie versuchte, ihren Kopf wieder zu senken, aber er hielt sie fest. „Du wirst mich für dumm halten."

„Nachdem du mein Innerstes nach außen gekehrt hast, ist jetzt wahrscheinlich der einzige Zeitpunkt, an dem ich dich nicht für dumm halten kann." Er gab ihr einen schnellen Kuss. „Raus damit, O'Roarke."

„Es ist nur, dass ich …" Sie stieß ungeduldig den Atem aus. „Ich hatte nicht gedacht, dass es so sein könnte. Nicht wirklich."

„In welcher Hinsicht?" Seine Lippen lächelten. Komisch, aber er schien seine Kraft wieder zu finden. Vielleicht lag es daran, wie sie ihn ansah. Benommen. Verlegen. Schön. „Du meinst gut?" Er streichelte lässig ihren wohlgeformten Po. „Oder sehr gut? Vielleicht meinst du großartig. Oder atemberaubend."

„Du machst dich über mich lustig."

„Oh nein. Ich habe auf ein Kompliment gehofft. Aber du willst mir keines machen. Vermutlich bist du zu stur, um zuzugeben, dass meine Art besser war als deine Art. Aber das ist schon in Ordnung. Ich kann dich hier drinnen so lange einsperren, bis du es zugibst."

„Verdammt, Boyd, es ist nicht einfach für mich, mich zu erklären."

„Das brauchst du auch nicht." Jetzt schwang kein

neckender Unterton in seiner Stimme mit. Der Ausdruck in seinen Augen machte sie wieder völlig schwach.

„Ich wollte dir sagen, dass ich nie ... dass mich nie jemand dazu gebracht hat ...“ Sie gab auf. „Es war großartig.“

„Ja.“ Er legte eine Hand an ihren Hinterkopf und zog ihren Mund zu sich heran. „Und jetzt machen wir es atemberaubend“, sagte er zärtlich.

8. KAPITEL

Cilla schlang ihre Arme um ihren Körper, um die Kälte abzuwehren, und starrte auf die Nadelbäume und die Felsen hinaus. Boyd hatte wieder einmal Recht gehabt. Der Ausblick war unglaublich.

Von diesem Standpunkt aus konnte sie die zerklüfteten schneebedeckten Gipfel der umliegenden Berge sehen. Näher, aber noch immer fern, entdeckte sie feinen Rauch aus einem Kamin. Tannen, stämmige Veteranen des Winters, ragten hoch. Ihre Nadeln raschelten in dem aufkommenden Wind. Das scharfe Plätschern eines eisigen Baches war zu hören. Cilla erhaschte Blicke auf das Wasser, ein bloßes Glitzern in dem verblassenden Sonnenschein.

Die Schatten waren lang. Die Luft war klar und der späte Nachmittag warf ein kühles blaues Licht auf den Schnee. Kurz zuvor hatte sie ein Reh gesehen, wie es mit der Schnauze im Schnee nach dem Gras darunter grub. Jetzt war sie allein.

Sie hatte vergessen, wie es war, sich so friedlich zu fühlen. Sie fragte sich sogar, ob sie das je gewusst hatte. Sicher nicht mehr seit ihrer frühesten Kindheit, in der sie noch an Märchen und Happy

Ends geglaubt hatte. Wenn eine Frau fast dreißig war, musste es zu spät sein, um wieder daran zu glauben.

Und dennoch bezweifelte sie, dass die Dinge je wieder so sein würden wie früher.

Boyd hatte sein Versprechen gehalten. Er hatte sie an Orte gebracht, von denen sie nie geträumt hatte. In einer köstlich langen Nacht hatte er ihr gezeigt, dass Liebe sowohl akzeptieren wie anbieten, nehmen genauso wie geben bedeutete. Sie hatte mehr kennen gelernt als die Kraft der körperlichen Liebe in Boyds Bett. Sie hatte die Kraft der Intimität kennen gelernt. Den Trost und die Schönheit der Intimität. Zum ersten Mal seit Jahren hatte sie tief und traumlos geschlafen.

Sie hatte sich nicht verlegen oder unbehaglich gefühlt, als sie mit ihm an diesem Morgen erwacht war. Sie war ganz ruhig gewesen. Wundervoll ruhig. Es war fast unmöglich zu glauben, dass es eine andere Welt außerhalb dieses Hauses gab. Eine Welt voll Schmerz und Gefahr und Angst.

Doch es gab sie. Und es war eine Welt, der Cilla sich nur zu bald wieder stellen musste. Sie konnte sich nicht hier verstecken – nicht vor einem Mann, der sie töten wollte, nicht vor ihren eigenen schlimmen Erinnerungen. Aber hatte sie kein Recht auf etwas mehr Zeit, in der sie so tun konnte, als würde nichts anderes eine Rolle spielen?

Es war nicht richtig.

Mit einem Seufzer hob sie ihr Gesicht den letzten Sonnenstrahlen entgegen. Ganz gleich, was sie fühlte – oder vielleicht, weil sie jetzt endlich so tief empfand –, sie musste ehrlich mit sich selbst sein, und auch ehrlich mit Boyd. Das, was so wunderbar zwischen ihnen begonnen hatte, durfte sie nicht weitergehen lassen. Ich kann es nicht, dachte sie und presste fest ihre Augen zu. Es sollte besser sein, ihr Herz würde jetzt etwas brechen, als dass es später zermalmt wurde.

Er ist ein guter Mann, dachte sie. Ein ehrlicher Mann, ein fürsorglicher. Er ist geduldig, intelligent und hingebungsvoll. Und ein Cop.

Sie schauderte und hielt sich straffer.

Er hatte eine Narbe gleich unterhalb seiner rechten Schulter. Vorne und hinten. Von einer Kugel – Berufsrisiko der Polizei. Sie hatte nicht gefragt, wollte auch nicht fragen, wie er dazu gekommen war, wann es passiert war oder wie nahe er dem Tod gekommen war.

Doch sie konnte sich auch nicht vor der Tatsache

verkriechen, dass ihre eigenen Narben genauso real waren wie seine.

Sie konnte sich ihnen beiden einfach nicht vortäuschen, dass es für sie eine Zukunft gab. Sie hätte nie zulassen sollen, dass es überhaupt so weit kam. Aber das war nun geschehen. Sie waren ein Liebespaar. Und obwohl sie wusste, dass es ein Fehler war, würde sie doch immer für die Zeit mit ihm dankbar sein.

Das Vernünftigste, was man machen konnte, wäre, die Beschränkungen ihrer Beziehung zu diskutieren. Keine Bindungen, keine Verpflichtungen. Höchstwahrscheinlich würde er dieses praktische Denken schätzen. Wenn ihre Gefühle zu schnell und zu stark gewachsen waren, musste sie ihnen eben Zügel anlegen.

Sie musste sich ganz einfach davon überzeugen, dass sie nicht verliebt war.

So fand Boyd sie vor, wie sie sich über das Geländer neigte, als wollte sie über die Tannen und die schneebedeckten Berge wegfliegen.

Ihre Nervosität kehrt zurück, stellte er mit einiger Frustration fest. Er sah sofort, dass ihr Körper wieder die Haltung eines Fliehenden eingenommen hatte. Ob sie wusste, wie entspannt sie gewesen war, als sie sich an diesem Morgen an ihn geschmiegt und sich langsam umgedreht hatte, damit sie einander langsam und träge lieben konnten?

Als er jetzt ihr Haar berührte, zuckte sie zusammen, ehe sie sich gegen seine Hand lehnte.

„Mir gefällt dein Haus, Schlaukopf."

„Freut mich." Er hatte vor, mit ihr hierher zurückzukommen – Jahr um Jahr.

Ihre Finger tanzten über das Geländer, wühlten dann in ihren Taschen. „Ich habe dich noch gar nicht gefragt, ob du es gekauft oder hast bauen lassen."

„Ich habe es bauen lassen. Ein paar Nägel habe ich sogar selbst eingeschlagen."

„Ein Mann mit vielen Talenten. Es ist fast ein Jammer, so ein Haus nur für Wochenenden zu haben."

„Gelegentlich verschwinde ich für länger hierher. Und meine Eltern benützen es hie und da."

„Ach, leben sie in Denver?"

„Colorado Springs." Er begann, die sich verspannenden Muskeln in ihren Schultern zu massieren. „Aber sie reisen viel. Kein Sitzfleisch."

„Ich nehme an, dein Vater war enttäuscht, als du nicht die Familiengeschäfte übernommen hast."

„Nein. Meine Schwester führt die Familientradition fort."

„Ich wusste nicht, dass du eine Schwester hast.“

„Es gibt eine Menge Dinge, von denen du nichts weißt.“ Er küsste sie sanft auf ihre Lippen, als sie zu schmollen begannen. „Meine Schwester ist eine toughe, energiegeladene Frau, die geborene Geschäftsfrau. Und verteufelt besser, als ich je gewesen wäre.“

„Aber ist es ihnen denn nicht unangenehm, dass du ein Cop bist?“

„Ich glaube nicht, dass das ihre alltäglich Sorge ist. Dir wird kalt“, sagte er. „Komm rein zum Feuer.“

Sie ging mit ihm zusammen über die Hintertreppe in die Küche. „Mmm ... Was riecht da?“

„Ich habe ein Chili zusammengekocht.“ Er ging zu der Kochinsel in der Mitte, über der Kupferkessel von der Decke hingen, hob den Deckel von einer Pfanne und roch. „Sei in einer Stunde bereit.“

„Ich hätte dir geholfen.“

„Das geht schon in Ordnung.“ Er wählte einen Bordeaux aus dem Weinregal. „Du kannst das nächste Mal kochen.“

Sie machte einen schwachen Versuch zu lächeln. „Dann hat dir also mein Erdnussbutter-Gelee-Spezial-Sandwich geschmeckt.“

„Genau wie Mom sie gemacht hat."

Sie bezweifelte, dass seine Mutter in ihrem Leben jemals ein Sandwich gemacht hatte. Leute mit so viel Geld hatten auch das ganze Haus voll mit Angestellten. Während sie dastand und sich albern vorkam, stellte er den Wein auf die Theke zum Atmen.

„Willst du nicht deinen Mantel ausziehen?"

„Oh ... natürlich." Sie streifte ihn ab und hängte ihn auf den Haken an der Tür. „Soll ich irgendetwas tun?"

„Ja. Entspannen."

„Ich bin entspannt."

„Du warst es." Er nahm zwei Gläser aus dem Schrank und untersuchte sie. „Ich weiß nicht, weshalb du dich wieder verkrampfst, Cilla, aber diesmal werden wir es durchsprechen. Setz dich ans Feuer. Ich bringe den Wein."

Wenn er schon nach wenigen Wochen so genau in ihren Gedanken las, dachte Cilla, während sie in den Wohnraum ging, wie würde das erst in einem Jahr sein? Sie ließ sich auf ein Kissen nahe dem Feuer sinken. Sie wollte nicht ein Jahr weiter denken. Nicht einmal einen Monat.

Als er hereinkam, zeigte sie ihm ein viel strahlenderes Lächeln und griff nach dem Wein. „Danke.

Es ist gut, dass ich nicht hierher gekommen war, bevor ich mich auf Haussuche machte. Ich hätte mich nie mit einem Haus ohne Kamin zufrieden gegeben."

Schweigend setzte er sich neben sie. „Sieh mich an", sagte er nach einer Weile. „Machst du dir Sorgen, weil du zurück an die Arbeit musst?"

„Nein." Sie seufzte. „Ein wenig. Ich vertraue dir und Thea, und ich weiß, ihr tut, was ihr könnt, aber ich habe Angst."

„Vertraust du mir?"

„Das sagte ich doch." Sie blickte ihm jedoch nicht in die Augen.

Er berührte ihre Wange mit einer Fingerspitze, bis sie ihn wieder ansah. „Nicht nur als Cop?"

Sie zuckte zusammen und blickte wieder weg. „Nein, nicht nur als Cop."

„Und das ist der springende Punkt", überlegte er. „Der Umstand, dass ich ein Cop bin."

„Das hat nichts mit mir zu tun."

„Wir wissen es beide besser."

„Es gefällt mir nicht", erwiderte sie ruhig. „Ich erwarte nicht von dir, dass du es verstehst."

„Ich glaube schon, dass ich es verstehe." Er lehnte sich gegen einen Sessel zurück und beobachtete sie, wie sie an ihrem Wein nippte. „Ich habe ein paar Erkundigungen eingezogen, Cilla – das war nötig für die Untersuchung. Ich will aber nicht so tun, als wäre das der einzige Grund gewesen, weshalb ich mich erkundigt habe."

„Wie meinst du das?"

„Ich habe mir deinen Background angesehen, weil ich dich beschützen muss. Und ich muss alles von dir genau verstehen. Deine Mutter war ein Cop. Es war nicht schwer herauszufinden, was geschehen ist."

Sie umklammerte ihr Glas mit beiden Händen und starrte in die Flammen. Nach all diesen Jahren war der Schmerz noch genauso schrecklich. „Du hast also ein paar Tasten an deinem Computer gedrückt und herausgefunden, dass meine Mutter getötet wurde. In Ausübung ihrer Pflicht. So nennt man das. Pflichtausübung", wiederholte sie mit dumpfer Stimme. „Als wäre es Teil einer Jobbeschreibung."

„Das ist es", sagte er ruhig.

Angst flackerte in ihren Augen, als sie ihn ansah und rasch wieder wegblickte. Ja. Richtig. Es gehörte eben zu ihrem Job, dass sie an diesem Tag erschossen wurde. „Nur wirklich ein Pech mit meinem Vater. Er war zufällig am falschen Ort zur falschen Zeit. Der übliche unschuldige Unbeteiligte."

„Cilla, nichts ist schwarz oder weiß. Und nichts ist so einfach."

„Einfach?" Sie lachte auf und schob ihre Haare aus dem Gesicht. „Nein, das richtige Wort ist ironisch. Cop und öffentlicher Pflichtverteidiger, die zufällig miteinander verheiratet sind, streiten über einen Fall. Sie waren nie einer Meinung. Ich kann mich nicht erinnern, dass sie auch nur ein einziges Mal irgendeine Sache aus demselben Blickwinkel gesehen haben. Als das passierte, sprachen sie von Trennung – wieder einmal. Nur auf Probe, sagten sie." Mit einem nachdenklichen Stirnrunzeln betrachtete sie ihr Glas. „Ich habe keinen Wein mehr."

Wortlos schenkte Boyd nach.

„Du hast also den offiziellen Bericht gelesen." Sie ließ den Wein im Glas kreisen, trank. „Sie haben diesen kleinen Deckskerl zum Verhör gebracht. Dreifacher Verlierer – bewaffneter Raubüberfall, tätlicher Angriff, Drogen. Er wollte seinen Anwalt dabeihaben, während ihn ein Cop verhörte. Er redete davon, dass er einen Handel machen wollte. Er wusste, dass es keinen Handel geben würde. Sie hatten ihn eiskalt festgenagelt, und diesmal musste es hart für ihn werden. Er gab zwei Menschen dafür die Schuld, seinem Anwalt und dem Cop, der ihn geschnappt hatte."

Es war schmerzlich, noch immer so schmerzlich, sich zu erinnern und sich ein Ereignis auszumalen, das sie selbst nicht gesehen und das ihr Leben so drastisch verändert hatte.

„Sie haben den Kerl geschnappt, der ihm die Waffe hereingeschmuggelt hat", sagte sie leise. „Er sitzt noch immer." Sie besänftigte ihre Kehle mit einem Schluck. „Da saßen sie einander also am Tisch gegenüber – gerade so, als wären sie in unserer Küche – und stritten über Recht und Gesetz. Der Hurensohn zog diese eingeschmuggelte 22er und erschoss alle beide." Sie starrte in ihr Glas. „Eine Menge Leute haben wegen dieses Vorfalls ihren Job verloren. Meine Eltern haben ihr Leben verloren."

„Ich werde dir nicht erzählen, dass Cops nicht durch einen Fehler oder unnötig oder sogar sinnlos sterben."

Als sie ihn ansah, waren ihre Augen beredt. „Gut. Und ich will nicht diesen Mist hören, wie stolz wir sein sollten auf unsere tüchtigen Jungs in Blau. Verdammt, sie war meine Mutter."

Er hatte nicht nur einfach die Berichte gelesen,

sondern er hatte sich hineingekniet. Die Zeitungen hatten es ein Unglück und eine Tragödie genannt. Die Untersuchung hatte länger als sechs Monate gedauert, und hinterher waren acht hohe Beamte zurückgetreten oder waren ersetzt worden.

Doch abgesehen von allen Tatsachen erinnerte er sich an ein Aktenfoto. Cilla, das Gesicht starr vor Gram, vor den beiden Gräbern, Deborahs Hand umklammernd.

„Es war schrecklich, sie so zu verlieren“, sagte er.

Sie schüttelte den Kopf. „Ja, aber in fast jeder Hinsicht hatte ich meine Mutter schon an dem Tag verloren, an dem sie zur Polizei ging.“

„Sie hatte eine eindrucksvolle Akte“, erwiderte Boyd vorsichtig. „Damals war es für eine Frau nicht leicht. Und es ist immer schwer für die Familie eines Cops.“

„Woher weißt du das denn?“ fragte sie. „Du bist nicht derjenige, der daheim sitzt und schwitzt. Von dem Tag an, an dem ich alt genug war, um zu begreifen, wartete ich darauf, dass ihr Captain zu unserer Tür kam und uns sagte, sie wäre tot.“

„Cilla, du kannst nicht dein Leben damit verbringen, dass du auf das Schlimmste wartest.“

„Ich habe mein Leben damit verbracht, auf meine

Mutter zu warten. Der Job kam immer an erster Stelle – er kam vor Dad, vor mir, vor Deb. Sie war nie da, wenn ich sie brauchte.“ Sie riss ihre Hand zurück, bevor er sie ergreifen konnte. „Ich legte keinen Wert darauf, dass sie Plätzchen backte oder meine Socken faltete. Ich wollte sie nur da haben, wenn ich sie brauchte. Aber ihre Familie war nie so wichtig wie die Öffentlichkeit, der zu dienen und die zu schützen sie geschworen hatte.“

„Vielleicht war sie zu sehr auf ihre Karriere konzentriert“, setzte er an.

„Vergleich mich bloß nicht mit ihr.“

Er hob die Augenbrauen. „Das wollte ich nicht.“ Jetzt ergriff er ihre Hand trotz ihres Widerstandes. „Klingt so, als würdest du dich vergleichen.“

„Ich musste mich konzentrieren. Sie hatte Menschen, die sie liebten, die sie brauchten, aber sie hat sich nie die Zeit genommen, das zu bemerken. Cops haben keine geregelte Arbeitszeit, sagte sie immer. Cops haben kein geregeltes Leben.“

„Ich habe deine Mutter nicht gekannt, und ich kann nichts zu der Wahl sagen, die sie getroffen hat, aber meinst du nicht, es wäre Zeit, diese Sache ruhen zu lassen und mit deinem eigenen Leben weiterzumachen?“

„Das habe ich. Ich habe getan, was ich tun musste. Ich habe getan, was ich tun wollte."

„Und du hast wegen meines Jobs Todesangst vor den Gefühlen, die du für mich empfindest."

„Es ist nicht nur der Job", sagte sie verzweifelt. „Wir beide wissen, dass es nicht nur der Job ist."

„Okay." Er nickte. „Es geht darum, was ich tue und was ich bin. Wir werden einen Weg finden müssen, um damit fertig zu werden."

„Es ist dein Leben", sagte sie vorsichtig. „Ich bitte dich nicht, irgendetwas zu ändern. Ich wollte mich mit dir auf keine so enge Beziehung einlassen, aber ich bereue es nicht."

„Danke", murmelte er und leerte sein Glas.

„Ich will damit sagen, wenn wir vernünftig sind, können wir es unkompliziert halten."

Er stellte sein Glas weg. „Nein."

„Nein was?"

„Nein, ich will nicht vernünftig sein, und es ist bereits kompliziert." Er warf ihr einen langen Blick zu, der nahe an grimmig herankam. „Ich bin in dich verliebt."

Er sah den Schock, der in ihren Augen, einen Moment bevor sie zurückprallte, aufblitzte. Die Farbe wich aus ihrem Gesicht.

„Wie ich sehe, begeistert dich das unglaublich", murmelte er, stand auf, legte ein Scheit auf die Glut und fluchte, während er den fliegenden Funken zusah.

Cilla hielt es für das Beste, sich nicht zu rühren. „Liebe ist ein sehr großes Wort, Boyd. Wir kennen uns erst seit ein paar Wochen, und es sind keine idealen Umstände. Ich denke ..."

„Ich bin dein Denken verdammt leid." Er drehte sich zu ihr um. „Sag mir doch endlich einmal, was du fühlst."

„Ich weiß es nicht." Das war eine Lüge, und sie wusste, dass sie sich dafür hassen würde. Sie hatte Angst. Und sie war begeistert. Sie war erfüllt von Bedauern und wurde von Sehnsucht geschüttelt. „Boyd, alles ist viel zu schnell passiert. Es ist, als hätte ich überhaupt keine Kontrolle gehabt, und das bereitet mir Unbehagen. Ich wollte keine Beziehung mit dir, aber ich habe eine. Ich wollte nicht, dass du mir etwas bedeutest, aber du tust es."

„Na, wenigstens das habe ich endlich aus dir herausgequetscht."

„Ich schlafe mit einem Mann nicht einfach, nur weil ich bei ihm ein Prickeln verspüre."

„Es wird immer besser." Er hob lächelnd ihre

Hand an und küsste ihre Finger. „Du prickelst bei mir, und ich bedeute dir etwas. Heirate mich."

Sie versuchte, ihre Hand loszureißen. „Das ist nicht der richtige Zeitpunkt für Scherze."

„Ich scherze nicht." Plötzlich waren seine Augen sehr eindringlich. „Ich bitte dich, mich zu heiraten."

Sie hörte, wie ein Scheit sich im Kamin bewegte. Sie sah das Flackern einer neuen Flamme, die Licht und Schatten auf sein Gesicht warf. Seine Hand lag warm und fest auf der ihren, hielt, wartete. Ihr Atem schien irgendwo unter ihrem Herzen blockiert zu sein. Ihr schwindelte von der Anstrengung des Luftholens.

„Boyd ..."

„Ich liebe dich, Cilla." Langsam, die Augen ständig auf sie gerichtet, zog er sie näher. „Alles an dir." Sanft und überredend strichen seine Lippen über die ihren. „Ich möchte nur fünfzig oder sechzig Jahre haben, um es dir zu zeigen." Sein Mund wanderte über ihren Hals, als er sie auf den Kaminvorleger senkte. „Ist das zu viel verlangt?"

„Nein ... Ja." Um ihren klaren Verstand kämpfend, presste sie eine Hand gegen seine Brust. „Boyd, ich werde überhaupt niemanden heiraten."

„Sicher wirst du das." Er knabberte leicht an ihren Lippen, während er begann, sie mit seinen Händen zu streicheln – besänftigend und erregend zur gleichen Zeit. „Du musst dich bloß an die Tatsache gewöhnen, dass ich es bin." Er vertiefte den Kuss und setzte ihn fort, bis ihre Hand den Widerstand aufgab und auf seinen Rücken glitt. „Ich bin bereit, dir Zeit zu lassen." Seine Lippen lächelten, als sie an ihnen ihren Protest murmelte. „Einen oder zwei Tage. Vielleicht eine Woche."

Sie schüttelte den Kopf. „Ich habe bereits einen Fehler begangen. Ich werde ihn nie wiederholen."

Er umfasste ihr Kinn so rasch, dass sie die Augen aufriss. In seinen Augen flackerte ein für ihn seltener heißer Zorn, der dadurch umso gefährlicher wirkte.

„Vergleiche mich bloß niemals mit ihm."

Sie setzte zum Sprechen an, doch seine Finger spannten sich einmal kurz an und brachten sie zum Schweigen.

„Vergleiche bloß nie meine Gefühle für dich mit irgendetwas, was ein anderer jemals gefühlt hat."

„Ich habe dich nicht verglichen." Ihr Herz hämmerte in ihrer Brust. „Es geht um mich. Es war mein Fehler, ganz allein meiner. Und ich werde nie wieder so einen Fehler begehen."

„Dazu gehören immer zwei, verdammt." Wütend stemmte er sich über ihr hoch und ergriff dann ihre Hände. „Wenn du es so spielen willst, gut. Stell dir eine Frage, Cilla. Hat schon mal ein anderer solche Gefühle bei dir ausgelöst?"

Sein Mund presste sich auf ihre Lippen und eroberte sie in einem heißen, rauen, hektischen Kuss, bei dem sie sich ihm entgegenbog. Aus Protest? Aus Lust? Sie konnte es nicht sagen. Unzählige unerklärliche Empfindungen schwirrten in ihr herum wie Tausende funkelnder Sterne – Hitze und Licht. Bevor sie Atem holen konnte, wurde sie in den Wirbelsturm geschleudert.

Nein! Ihre Gedanken schrien es. Niemand! Niemals! Nur er hatte je einen so heftigen Hunger und ein so verzweifeltes Verlangen ausgelöst. Selbst während ihr Körper sich gegen ihn presste, kämpfte sie darum, sich daran zu erinnern, dass Verlangen allein nicht genügte.

Von Zorn und Frustration getrieben, presste er seinen Mund auf ihre Lippen, wieder und immer wieder. Wenn auch nur für den Moment, so konnte er ihr doch beweisen, dass es einmalig war, was sie gemeinsam hatten. Sie würde an keinen anderen denken, sich an nichts erinnern. Nur an ihn.

Ihre Reaktion erfüllte ihn, so vollständig, so richtig. Der kleine hilflose Laut, der aus ihrer Kehle schnurrte, ließ ihn erschauern. Sie beide verbrannten und verzehrten sich wie die Flammen, die neben ihnen flackerten. Die sanfte Liebe, mit der sie sich in der letzten Nacht vereinigt hatten, war von einem wilden und drängenden Hunger ersetzt worden, der keinen Platz mehr für zärtliche Worte und Liebkosungen ließ.

Cilla wollte beides nicht. Dies war ein neuer, ein frenetischer Ausbruch von Verlangen, der Tempo forderte und nach Kraft drängte. Beeil dich! Sie entzog ihm ihre Hände, um an seinem Hemd zu zerren. Berühre mich! Zweifaches Stöhnen vermischte sich, als Haut auf Haut traf. Mehr! Mit neuer Aggression rollte sie sich auf ihn, um mit ihrem Mund eine hektische Reise über seinen Körper anzutreten. Und noch immer war es nicht genug,

Sein Atem ging stoßweise, während er ihr die Kleider vom Leib zog, ohne darauf zu achten, was er zerriss. Ein einziges treibendes Verlangen beherrschte ihn – zu besitzen. Hände packten zu. Finger drückten. Lippen verzehrten.

Rasch und prickelnd bewegte sie sich auf ihm. Ihr zartes Gesicht schimmerte im Feuerschein wie zerbrechliches Porzellan. Ihr Körper bog sich, großartig in seiner neuen Kraft, gespannt von Leidenschaft überzogen, schaudernd, gestärkt.

Für einen herrlichen Moment richtete sie sich über ihm auf, hob ihre Hände an ihr Haar, warf den Kopf zurück, verlor sich selbst. Ihr Körper erschauerte einmal, zweimal, als Explosionen sie erschütterten. Noch während sie nach Luft rang, packte er sie an den Hüften und senkte sich in sie.

Er erfüllte sie. Nicht nur körperlich. Sogar trotz der betäubenden Lust begriff sie das. Er, und nur er hatte den Schlüssel gefunden, der jeden Teil von ihr öffnete. Er, und nur er, hatte den Weg in ihr Herz gefunden, in ihren Geist. Und irgendwie hatte sie, ohne es zu versuchen, den Weg in sein Herz und in seine Seele gefunden.

Sie wollte ihn nicht lieben. Sie tastete nach seinen Händen und hielt sie fest. Sie wollte ihn nicht brauchen. Sie öffnete die Augen und blickte auf ihn hinunter. Seine Augen waren dunkel und direkt auf sie gerichtet. Sie wusste, dass er jeden ihrer Gedanken verstand, obwohl sie nichts sagte. Mit einem Seufzer, der genauso von ihrer Verzweiflung wie von ihrem Glück herrührte, beugte sie sich herunter und presste ihren Mund auf den seinen.

Er konnte sowohl das Verlangen als auch die Ängste schmecken. Er wollte das Erstere auskosten und das Letztere vertreiben. Tief in ihr verbleibend, richtete er sich so weit auf, dass er seine Arme um sie schlingen konnte. Er beobachtete, wie ihre Augen sich, vor Verlangen betäubt und vor Leidenschaft glasig, weiteten. Ihre Finger gruben sich in seinen Rücken. Ihr Aufschrei der Erleichterung erstickte an seinem Mund, Sekunden bevor er sich selbst gehen ließ.

In einen großen, abgetragenen Morgenmantel gehüllt, die Füße in dicken Wollsocken, so kostete Cilla das Chili. Es gefiel ihr, in dem warmen, goldenen Licht in der Küche zu sitzen, die Schneedecke vor den Fenstern zu sehen, das leise Stöhnen des Windes in den Tannen zu hören. Was sie überraschte und worüber sie lieber nicht genauer nachdenken wollte, war das Bedauern darüber, dass das Wochenende fast vorüber war.

„Nun?“

Bei Boyds Frage blickte sie wieder von dem Fenster weg. Er saß ihr gegenüber, sein Haar noch immer von ihren Händen zerzaust. Wie sie trug er nur einen Morgenmantel und Socken. Obwohl es keinen Sinn ergab, fand Cilla das Mahl genauso intim wie ihre Liebe vor dem Kamin.

Unbehaglich brach sie ein Stück von dem heißen, knusprigen Brot auf ihrem Teller ab. Sie fürchtete, er könnte das Thema Heirat wieder zur Sprache bringen.

„Nun was?“

„Wie ist das Chili?“

„Das ... oh.“ Sie nahm noch einen Löffel und war sich nicht sicher, ob sie erleichtert oder enttäuscht war. „Großartig. Und überraschend.“ Wieder nervös, griff sie nach ihrem Wein. „Ich hätte gedacht, jemand in deiner Position hätte eine Köchin und könnte nicht einmal ein Ei kochen.“

„In meiner Position?“

„Ich meine, wenn ich mir eine Köchin leisten könnte, würde ich mich nicht mit Sandwiches herumplagen.“

Es amüsierte ihn, dass ihr sein Geld Unbehagen verursachte. „Nach unserer Hochzeit können wir eine Köchin einstellen, wenn du willst.“

„Ich werde dich nicht heiraten“, sagte sie.

Er grinste. „Wollen wir wetten?“

„Das ist kein Spiel.“

„Sicher ist es eines. Das größte in der Stadt.“

Sie gab einen gedämpften, frustrierten Laut von sich, griff wieder nach ihrem Löffel und begann, damit gegen das Holz zu klopfen. „Das ist eine so typisch männliche Haltung. Alles ist ein Spiel. Du Tarzan, ich blöde." Sein Lachen machte sie nur noch wütender. „Wieso glauben Männer eigentlich, Frauen könnten ihnen nicht widerstehen – beim Sex, bei Kameradschaft, bei den alltäglichen Dingen? Oh, Cilla, du brauchst mich. Oh, Cilla, ich will mich um dich kümmern. Ich will dir zeigen, worum es im Leben überhaupt geht."

Er überlegte einen Moment. „Ich kann mich nicht erinnern, irgendetwas davon gesagt zu haben. Soweit ich mich erinnere, sagte ich, dass ich dich liebe und heiraten will."

„Das ist das Gleiche."

„Nicht einmal annähernd." Er aß ungerührt weiter.

„Nun, ich will dich jedenfalls nicht heiraten, aber ich bin sicher, das wird keinen Unterschied machen. Das tut es nie."

Er schoss ihr einen kurzen und gefährlichen Blick zu. „Ich habe dich gewarnt, mich nicht mit ihm zu vergleichen. Und ich habe das ernst gemeint."

„Ich spreche nicht nur von Paul. Ich habe nicht

einmal an Paul gedacht.“ Nachdem sie ihren Teller weggeschoben hatte, sprang sie auf, um eine Zigarette zu suchen. „Vor all dem hier habe ich jahrelang nicht an ihn gedacht.“ Sie stieß erregt den Rauch aus. „Und wenn ich dich mit anderen Männern vergleichen will, werde ich es tun.“

Er füllte sein Weinglas nach, dann ihres. „Wie viele andere Männer haben dich gebeten, sie zu heiraten?“

„Dutzende.“ Das war eine Übertreibung, doch das war ihr völlig egal. „Aber irgendwie habe ich die Kraft gefunden, ihnen zu widerstehen.“

„Du hast sie nicht geliebt“, bemerkte er ruhig.

„Ich liebe dich auch nicht.“ In ihrer Stimme schwang ein verzweifelter Unterton mit, und sie hatte das schreckliche Gefühl, dass sie beide wussten, dass sie log.

Er wusste es, aber es tat trotzdem weh. Der Schmerz drückte dumpf auf seinen Magen. Boyd ignorierte ihn, aß sein Chili auf. „Du bist verrückt nach mir, O’Roarke. Du bist bloß zu dickköpfig, um es zuzugeben.“

„Ich bin dickköpfig?“ Einen Aufschrei unterdrückend, zerstieß sie ihre Zigarette. „Es erstaunt mich, dass ausgerechnet du den Nerv hast, mir das an den

Kopf zu werfen. Du hast auf kein einziges einfaches Nein gehört, seit ich dich getroffen habe."

„Du hast Recht." Sein Blick glitt über sie. „Und jetzt sieh nur, wohin es mich gebracht hat."

„Sei bloß nicht so verdammt selbstzufrieden. Ich werde dich nicht heiraten, weil ich nicht heiraten will, weil du ein Cop und weil du reich bist."

„Du wirst mich heiraten", sagte er, „weil wir beide wissen, dass du ohne mich schlecht dran wärst."

„Deine Arroganz ist unerträglich. Das ist genauso ärgerlich – und genauso kläglich – wie versponnenes Flehen."

„Ich bin lieber selbstzufrieden", entschied er.

„Weißt du, du bist nicht der erste Irre, den ich abschütteln muss." Sie schnappte sich ein Weinglas, bevor sie auf und ab zu laufen begann. „In meinem Beruf wird man gut in diesen Dingen." Sie wirbelte herum und deutete mit einem Finger auf ihn. „Du bist fast so schlimm wie dieses Kind, mit dem ich mich in Chicago herumschlagen musste. Bis heute hat er den ersten Preis in Arroganz gehalten. Aber nicht einmal er saß mit einem so dummen Grinsen auf seinem Gesicht da. Bei ihm gab es Blumen und Gedichte. Allerdings war er genau so ein Dickkopf.

Ich wäre auch in ihn verliebt, aber ich würde es nicht zugeben. Ich würde ihn brauchen, er müsste für mich sorgen, mich schützen, mein Leben komplett machen." Sie beschrieb einen Kreis. „Man glaubt es nicht! Vor dir dachte ich, er könnte nicht mehr überboten werden. Er hat mich im Sender verfolgt", murmelte sie. „Er hat mich in meinem Apartment belästigt. Er hat mir sogar einen Verlobungsring geschickt."

„Er hat dir einen Ring gekauft?"

Sie schoss ihm einen warnenden Blick zu. „Komm bloß nicht auf Ideen, Schlaukopf!"

Boyd hielt seine Stimme sehr kühl, sehr ruhig. „Du hast gesagt, er hat dir einen Ring gekauft. Einen Diamanten?"

„Ich weiß es nicht." Sie fuhr sich mit den Fingern durch die Haare. „Ich habe ihn nicht schätzen lassen. Ich habe ihn zurückgeschickt."

„Wie hieß er?"

Sie winkte ab. „Ich weiß nicht, wie ich darauf gekommen bin. Was ich dir klar machen möchte, ist ..."

„Ich habe nach seinem Namen gefragt."

Er stand dabei auf. Cilla tat verwirrt einen Schritt rückwärts. Er war jetzt nicht nur einfach Boyd. Er war jetzt jeden Zentimeter ein Cop. „Ich ... Es war

John irgendwie. McGill ... nein, McGillis, glaube ich. Hör mal, er war einfach lästig. Ich habe das jetzt nur zur Sprache gebracht, weil ...“

„Du hast nicht mit einem John McGillis in Chicago gearbeitet.“

„Nein.“ Verärgert über sich selbst, setzte sie sich wieder. „Wir kommen vom Thema ab, Boyd.“

„Ich sagte dir, du solltest mir von jedem erzählen, zu dem du eine Beziehung hattest.“

„Ich hatte keine Beziehung zu ihm. Er war bloß ein Kind. Hielt mich wohl für den großen Star. Er hörte sich die Sendung an und kam nicht mehr los. Ich machte den Fehler, nett zu ihm zu sein, und er hat es falsch verstanden. Bei Gelegenheit habe ich ihm dann den Kopf zurechtgerückt, und das war es.“

„Wie lange?“ fragte Boyd ruhig. „Wie lange hat er dich belästigt?“

Sie fühlte sich mit jeder Sekunde alberner. Sie konnte sich kaum noch an das Gesicht des Jungen erinnern. „Drei oder vier Monate vielleicht.“

„Drei oder vier Monate“, wiederholte er, nahm sie an den Armen und zog sie auf die Füße. „Er hat das drei oder vier Monate getrieben, und du hast es mir gegenüber nicht erwähnt?“

„Ich habe überhaupt nicht daran gedacht.“

Er konnte kaum der Versuchung widerstehen, sie ordentlich durchzuschütteln. „Ich will, dass du mir alles über ihn erzählst, woran du dich erinnerst. Alles, was er sagte, alles, was er tat."

„Ich kann mich nicht erinnern."

„Das solltest du aber." Er ließ sie los und trat zurück. „Setz dich."

Sie gehorchte. Er hatte sie stärker aufgerüttelt, als er ahnte. Sie versuchte sich damit zu trösten, dass sie wenigstens nicht länger wegen einer Heirat stritten. Aber Boyd hatte sie an etwas erinnert, das sie sich für ein paar Stunden zu vergessen erlaubt hatte.

„Na schön. Er hat nachts auf dem Markt gearbeitet, und er hat sich meine Sendung angehört. In seiner Arbeitspause rief er dann an, und wir unterhielten uns jedes Mal ein wenig. Ich spielte die Titel, die er sich wünschte. Eines Tages hatte ich dann einen Auftritt außerhalb des Senders – ich erinnere mich nicht mehr, wo –, und er zeigte sich. Er wirkte wie ein netter Junge. Drei- oder vierundzwanzig, schätze ich. Hübsch. Er hatte ein hübsches, irgendwie harmloses Gesicht. Ich habe ihm ein Autogramm gegeben. Danach fing er an, mir in den Sender zu schreiben. Gedichte zu schicken.

Einfach süßes, romantisches Zeug. Nichts Aufdringliches."

„Weiter."

„Boyd, wirklich ..."

„Weiter."

Es blieb ihr nichts anderes übrig, als einen Fluch zu murmeln. „Als ich erkannte, dass es bei ihm tiefer ging, zog ich mich zurück. Er hat mich zum Ausgehen eingeladen, und ich habe Nein gesagt." Verlegen stieß sie den Atem aus. „Zweimal wartete er am Ende meiner Schicht auf dem Parkplatz. Er hat mich nie berührt, und ich hatte keine Angst vor ihm. Er war so rührend, dass er mir Leid tat, und das war noch ein Fehler. Er hat es falsch verstanden. Ich vermute, er ist mir nach der Sendung gefolgt, weil er dann anfing, vor meinem Apartment aufzutauchen. Er legte Blumen vor die Tür und schob Zettel unten durch. Kinderkram", versicherte sie.

„Hat er in der Zeit jemals versucht, in dein Haus einzudringen?"

„Er hat nie versucht, etwas zu erzwingen. Ich sagte dir doch, er war harmlos."

„Erzähl mir mehr."

Sie rieb sich über das Gesicht. „Er begann zu flehen. Er sagte, er würde mich lieben, er würde mich immer lieben, und wir wären füreinander bestimmt. Und er wüsste, ich würde ihn auch lieben. Es wurde schlimmer. Er begann zu weinen, wenn er anrief. Er sprach davon, er würde sich umbringen, falls ich ihn nicht heiratete. Ich bekam das Päckchen mit dem Ring und schickte es mit einem Brief zurück. Ich war grausam, aber ich fühlte, dass ich es sein musste. Ich hatte schon den Job hier in Denver angenommen. Nur ein paar Wochen nach der Sache mit dem Ring sind wir umgezogen."

„Hat er mit dir in Denver Verbindung aufgenommen?"

„Nein. Und er ist es auch nicht, der anruft. Ich würde seine Stimme erkennen. Außerdem hat er mich nie bedroht. Nie. Er war besessen, aber er war nicht gewalttätig."

„Ich werde das überprüfen." Er stand auf und streckte ihr die Hand entgegen. „Du schläfst jetzt besser. Wir fahren zeitig zurück."

Sie schlief nicht. Und er auch nicht. Sie lagen in der Dunkelheit, schweigend. Es gab einen anderen, der Nachtwache hielt.

Er zündete die Kerzen an. Neue Kerzen, die

er erst an diesem Nachmittag gekauft hatte. Ihre Dochte waren weiß wie der Mond. Sie schwärzten sich und flammten auf, als er das Streichholz dagegenhielt. Er legte sich auf dem Bett zurück und presste das Bild gegen seine nackte Brust – gegen die Klingen der beiden eintätowierten Messer.

Obwohl es spät wurde, blieb er hellwach. Zorn heizte ihn auf. Zorn und Hass. Neben ihm summte das Radio, aber es war nicht Cillas Stimme, die er hörte.

Sie war fort. Er wusste, dass sie mit diesem Mann zusammen war, und bestimmt hatte sie sich diesem Mann hingegeben. Sie hatte kein Recht gehabt, fortzugehen. Sie gehörte John. John und ihm.

Sie war schön, genau wie John sie beschrieben hatte. Sie hatte trügerisch freundliche Augen. Aber er wusste es besser. Sie war grausam. Teuflisch. Und sie verdiente es zu sterben. Geradezu liebevoll tastete er nach dem Messer, das neben ihm lag.

Er konnte sie so töten, wie er es gelernt hatte. Schnell und sauber. Aber das brachte nur wenig Befriedigung, das wusste er. Er wollte, dass sie zuerst litt. Er wollte, dass sie flehte. Genau wie John gefleht hatte.

Wenn sie tot war, würde sie bei John sein. Sein Bruder würde endlich in Frieden ruhen. Und er auch.

9. KAPITEL

Die Heizung im Revier leistete Mehrarbeit, ebenso wie Boyd. Während der Wartungsdienst an dem schadhaften Brenner herumhämmerte, ging er Akten durch. Sein Jackett hatte er schon längst ausgezogen. Sein Schulterhalfter spannte sich über einem DENVER P.D.-T-Shirt, das schon zu viele Waschgänge gesehen hatte. Er hatte ein Fenster aufgemacht, und der steife Wind von draußen kämpfte gegen die Hitze, die noch immer durch die Ventile der Heizung strömte.

Zwei seiner laufenden Fälle waren fast abgeschlossen, und er hatte gerade einen Durchbruch in einer Erpressungssache erzielt, an der er und Althea seit Wochen arbeiteten. Er musste sich auf ein Erscheinen vor Gericht Ende der Woche vorbereiten, musste Berichte abheften und Anrufe erledigen, aber seine Aufmerksamkeit war auf O'Roarke, Priscilla A., gerichtet.

Den Schweiß ignorierend, der über seinen Rücken sickerte, las er die Akte über Jim Jackson, den Nachtmoderator von KHIP. Der Bericht interessierte und ärgerte ihn.

Cilla hatte nicht erwähnt, dass sie schon mal in

Richmond mit Jackson zusammengearbeitet hatte. Auch nicht, dass Jackson wegen Trinkens während der Arbeit gefeuert worden war. Er hatte nicht nur sinnloses Gebrabbel gesendet, sondern war auch am Mikro eingenickt und hatte seinen Hörern das absolute Tabu des Radios geboten – tote Ätherwellen.

Er hatte seine Frau verloren, sein Heim und seinen fantastischen Posten als Morgen-Discjockey und Programmdirektor bei Richmonds Top-40-Station Nummer zwei.

Als es ihn erwischte, hatte Cilla seine Pflichten als Programmdirektor übernommen. Innerhalb von sechs Monaten war aus der Nummer-zwei-Station die Nummer eins geworden. Und Jackson war wegen Trunkenheit und Erregung öffentlichen Ärgernisses verhaftet worden.

Als Althea mit zwei beschlagenen Limonadedosen in der Hand das Besprechungszimmer betrat, warf Boyd die Jackson-Akte auf den Tisch. Wortlos reichte Althea Boyd die eine Dose, öffnete die zweite und warf einen Blick auf die Akte.

„Er ist sauber, abgesehen von ein paar Anzeigen wegen Trunkenheit und öffentlichen Ärgernisses“, bemerkte Althea.

„Rache steht bei dieser Art von Bedrohung ganz

hoch oben auf der Liste. Könnte sein, dass er einen Groll gegen sie hegt, weil sie ihn in Richmond ersetzt und übertroffen hat." Boyd nahm einen Schluck von der rasch warm werdenden Limonade. „Er hat diesen Nachtjob in Denver erst seit drei Monaten. Der Manager des Senders in Richmond behauptet, Jackson wäre ziemlich ausgerastet, als sie ihn rauswarfen. Hat ein paar Drohungen ausgestoßen und beschuldigte Cilla, sie hätte seine Stellung untergraben. Dann muss man zu diesem Groll auch noch ein ernsthaftes Alkoholproblem dazurechnen."

„Willst du ihn aufs Revier holen?"

„Ja, ich will ihn herholen."

„Okay, warum machen wir dann nicht einen Doppelschlag?"

Sie griff nach der Akte von Nick Peters. „Der Junge wirkt harmlos – aber ich bin schon mit harmlos wirkenden Jungs ausgegangen und konnte kaum meine Haut retten. Er trifft sich überhaupt nicht mit Mädchen. Ich habe herausgefunden, dass Deborah ein paar Kurse mit ihm zusammen besucht hat. Während des Wochenendes hat sie erwähnt, dass er sie ständig um Informationen über Cilla angeht. Alles persönliche Sachen. Was für Blumen sie mag, was ihre Lieblingsfarbe ist, ob sie sich mit jemandem trifft."

Sie zog aus ihrer Rocktasche eine Tüte Fruchtgummi. Sorgfältig und nach reiflicher Überlegung wählte sie ein gelbes Bonbon.

„Offenbar hat es ihn aufgeregt, als Deborah erzählte, Cilla wäre schon verheiratet gewesen. Deborah hat sich damals nichts dabei gedacht, hat es darauf geschoben, dass er ein wenig komisch ist. Aber jetzt, während des Wochenendes, hat sie es doch erwähnt. Sie ist ein nettes Mädchen. Wirklich klug. Und sie hängt völlig an Cilla." Althea zögerte. „Am Wochenende hat sie mir von ihren Eltern erzählt."

„Das haben wir schon durchgesprochen."

„Ich weiß, dass wir das getan haben." Althea griff nach einem Stift, drehte ihn zwischen ihren Fingern und legte ihn wieder weg. „Deborah scheint zu denken, dass du für ihre Schwester gut bist." Sie wartete, bis Boyd aufblickte. „Ich frage mich nur, ob ihre Schwester gut für dich ist."

„Ich kann auf mich selbst aufpassen, Partner."

„Du bist zu sehr in die Sache verstrickt, Boyd." Sie senkte ihre Stimme, obwohl man nichts bei dem Lärm vor der geschlossenen Tür hätte hören können. „Wüsste der Captain, dass du persönlich verwickelt bist, würde er dich sofort abziehen, und er hätte Recht."

Boyd stieß seinen Stuhl zurück. Er betrachtete Altheas Gesicht, ein Gesicht, das er so gut wie sein eigenes kannte. Ärger kochte in ihm hoch, aber er kontrollierte sich. „Ich kann trotzdem meinen Job erledigen, Thea. Hätte ich daran irgendwelche Zweifel, würde ich mich selbst abziehen."

„Wirklich?"

Seine Augen zogen sich zusammen. „Ja, das würde ich. Die Sicherheit meines Schützlings hat absoluten Vorrang. Wenn du zum Captain gehen willst und ihn informieren möchtest, ist das dein Recht. Aber ich werde mich um Cilla kümmern, so oder so. Cillas Sicherheit ist für mich jetzt persönlich wichtig. Sie ist mir wichtig!"

„Du bist derjenige, der verletzt werden wird", murmelte sie. „So oder so."

„Mein Leben. Mein Problem."

Der Ärger, den sie zu unterdrücken gehofft hatte, brodelte an die Oberfläche. „Verdammt, Boyd, du bedeutest mir etwas. Es war eine Sache, als du von ihrer Stimme besessen warst. Ich habe es nicht mal als Problem angesehen, als du sie kennen gelernt hast und ein paar Funken flogen. Aber jetzt redest du so ernsthaftes Zeug wie Heirat, und ich weiß, du meinst es so. Sie hat Probleme, Boyd. Sie ist ein Problem."

„Du und ich, wir haben den Auftrag, uns um ihre Probleme zu kümmern. Was den Rest angeht, so ist das meine Sache, Thea. Spar dir also deinen Rat."

„Fein." Gereizt schlug sie eine andere Akte auf. „Bob Williams – der ‚Wilde Bob' – ist blitzsauber. Ich habe keine einzige Verbindung zu Cilla gefunden, abgesehen vom Sender. Er führt eine gute Ehe, geht zur Kirche und hat in den letzten zwei Wochen seine Frau zu den Schwangerschaftskursen begleitet."

„Über die Morgenmoderatoren gibt es nichts." Boyd nahm noch einen Schluck Limonade und wünschte, es wäre eiskaltes Bier.

„KHIP ist eine einzige große, glückliche Familie."

„So sieht es aus", murmelte er. „Harrison wirkt solide, aber ich überprüfe ihn noch. Er ist derjenige, der sie eingestellt hat, und er hat sie regelrecht verfolgt und hat ihr eine ordentliche Gehaltserhöhung und ein paar hübsche Extras angeboten, um sie nach Denver und zu KHIP zu locken."

Althea wählte sorgfältig einen Fruchtgummi. „Was ist mit diesem McGillis?"

„Ich erwarte einen Anruf aus Chicago.“ Er öffnete eine andere Akte. „Da ist dieser Wartungsmonteur. Billy Lomus. Kriegsveteran – ‚Purple Heart‘ und ein ‚Silver Star‘ in Vietnam als Auszeichnungen für Tapferkeit. Scheint ein Einzelgänger zu sein. Bleibt nie länger als ein Jahr an einem Ort. Vor zwei Jahren hielt er es eine Zeit lang in Chicago aus. Keine Familie. Keine nahen Freunde. Hat sich vor etwa vier Monaten in Denver niedergelassen. Pflegeheime als Kind.“

Althea blickte nicht auf. „Hart.“

„Ja.“ Boyd betrachtete ihren gesenkten Kopf. Nur wenige wussten, dass Althea Grayson als Kind von Pflegeheim zu Pflegeheim geschoben worden war. „Sieht nicht so aus, als hätten wir innerhalb des Senders viel Glück.“

„Nein. Vielleicht halten wir uns lieber an McGillis.“ Sie blickte auf, das Gesicht ruhig, die Stimme gleichmäßig. Nur wer sie gut kannte, hätte gesehen, dass sie noch immer wütend war. „Willst du mit Jackson oder Peters anfangen?“

„Jackson.“

„Okay. Versuchen wir es zuerst auf die einfache Tour. Ich rufe an und bitte ihn herzukommen.“

„Danke, Thea“, fügte er hinzu, bevor sie aufstehen konnte, „es muss dich erwischt haben, bevor du es verstehen kannst. Ich kann meine Gefühle nicht abschalten, und ich kann mich nicht von meiner Aufgabe zurückziehen, für die ich ausgebildet bin."

Sie seufzte nur. „Gib bloß auf dich Acht, Partner."

Das hatte er vor. Und während er auf sich Acht gab, wollte er auch über Cilla wachen. Sie wird sich nicht darüber freuen, dachte Boyd, während er die Akten studierte. Von dem Moment an, in dem er ihr gesagt hatte, dass er sie liebte, hatte sie versucht, sich zurückzuziehen.

Aber sie hatte keine Angst vor ihm, überlegte er. Sie hatte Angst vor sich selbst. Je tiefer ihre Gefühle für ihn gingen, desto mehr Angst hatte sie, sie sich einzugestehen. Seltsam, aber er hätte nicht gedacht, dass er die Worte hören musste. Dennoch war es so. Mehr als alles andere brauchte er es, dass sie ihn ansah und ihm sagte, dass sie ihn liebte.

Ein Lächeln, eine Berührung, ein Stöhnen in der Nacht – das war nicht genug. Nicht bei Cilla. Er brauchte das Band, das Versprechen, die Verbindung durch Worte. Drei Worte, dachte er. Ein einfacher Satz, der leicht gesagt wurde, oftmals zu leicht – und das Leben von Menschen verändern konnte.

Cilla würden diese Worte nicht leicht fallen. Falls sie aber einmal diesen Satz durch die Barriere ihrer Selbstzweifel und ihrer Selbstverteidigung hindurchpressen konnte, würde sie ihn von ganzem Herzen meinen. Und das war alles, was Boyd brauchte. Und er würde nie zulassen, dass sie diese Worte zurücknahm.

Im Moment musste er seine eigenen Wünsche und Sehnsüchte zurückstellen und Cop sein. Um ihre Sicherheit zu garantieren, musste er das sein, was sie am meisten fürchtete. Um ihretwillen konnte er es sich nicht leisten, zu eingehend darüber nachzudenken, welche Richtung ihrer beider Leben einschlagen würde, sobald er einmal die Akten schloss.

„Boyd?“ Althea steckte den Kopf zur Tür herein. „Jackson ist unterwegs hierher.“

„Gut. Wir sollten Peters erwischen können, bevor er sich im Sender meldet. Ich möchte ...“ Er unterbrach sich, als das Telefon neben ihm klingelte. „Fletcher.“ Er winkte Althea zurück. „Ja. Ich bin Ihnen dankbar, dass Sie das für mich überprüft haben.“ Er deckte das Telefon einen Moment mit seiner Hand ab. „Chicago Police District. Ja, richtig“, sagte er in den Hörer. „John McGillis.“ Er griff nach einem Stift und machte sich Notizen auf einem Block.

Mitten im Wort stockten seine Finger. „Wann?“ Er fluchte leise und hart. „Irgendwelche Angehörige? Hat er einen Abschiedsbrief hinterlassen? Könnten Sie ihn faxen? Ja, richtig.“ Auf den Block schrieb er in Großbuchstaben: SELBSTMORD.

Schweigend setzte Althea sich auf die Tischkante.

„Alles, was Sie mir besorgen können. Sie sind sicher, dass er keinen Bruder hatte? Nein. Vielen Dank, Sergeant.“ Er legte auf und klopfte mit dem Stift auf den Block. „Verdammt!“

„Ist das bestimmt derselbe McGillis?“ fragte Althea.

„Ja. Cilla hat mir alle Informationen über ihn gegeben und zusätzlich eine Beschreibung. Es ist derselbe. Hat vor fast fünf Monaten den Löffel abgegeben.“ Er stieß den Atem aus. „Hat sich die Pulsadern mit einem Jagdmesser aufgeschnitten.“

„Es passt, Boyd.“ Althea beugte sich über seine Notizen. „Du sagtest, McGillis wäre von Cilla besessen gewesen und hätte gedroht, sich umzubringen, wenn sie nicht auf seine Einladungen und sein Werben reagiert. Der Kerl am Telefon gibt ihr die Schuld am Tod seines Bruders.“

„McGillis hatte keinen Bruder. Einzelkind. Seine Mutter hat ihn überlebt.“

„Bruder könnte eine gefühlsbetonte Bezeichnung sein. Sein bester Freund."

„Vielleicht." Er wusste, dass es passte. Was ihm Sorgen bereitete, war Cillas mögliche Reaktion. „Die Polizei in Chicago ist kooperativ. Sie schickt uns, was sie an Unterlagen hat. Aber ich schätze, es könnte eine Reise nach Osten lohnen. Wir könnten einen Hinweis von der Mutter bekommen."

Althea nickte. „Erzählst du es Cilla?"

„Ja, ich erzähle es ihr. Zuerst sprechen wir mit Jackson und Peters. Mal sehen, ob wir eine Verbindung zu McGillis herstellen können."

Auf der anderen Seite der Stadt raste Cilla von der Dusche zum Telefon. Sie wollte, dass es Boyd war. Sie wollte, dass er ihr erzählte, John McGillis würde glücklich Gemüsekisten in Chicago stapeln. Wasser tropfte aus ihren Haaren auf ihren Rücken, als sie nach dem Hörer griff.

„Hallo."

„Hast du mit ihm geschlafen? Hast du dich von ihm anfassen lassen?"

Ihre feuchten Hände zitterten, als sie den Hörer umkrampfte. „Was wollen Sie?"

„Hast du ihm genauso Versprechungen gemacht

wie meinem Bruder? Weiß er, dass du eine Hure und eine Mörderin bist?"

„Nein, das bin ich nicht. Ich weiß nicht, warum ..."

„Er muss auch sterben."

Ihr Blut gefror. Die Angst, von der sie gedacht hatte, sie könnte sie begreifen, schnürte ihr gnadenlos die Kehle zu. „Nein! Boyd hat nichts damit zu tun. Das ... das ist nur zwischen Ihnen und mir, wie Sie es die ganze Zeit gesagt haben."

„Jetzt hat er was damit zu tun. Er hat sich entschieden, genau wie du, als du meinen Bruder umgebracht hast. Wenn ich mit ihm fertig bin, hole ich dich. Erinnerst du dich noch daran, was ich mit dir machen werde? Erinnerst du dich?"

„Sie dürfen Boyd nichts tun. Bitte! Bitte, ich tue alles, was Sie wollen."

„Ja, das wirst du." Lachen – lang, unheimlich zischelnd. „Du wirst alles tun."

„Bitte, tun Sie ihm nichts!" Sie schrie noch ins Telefon, lange nachdem die Leitung tot war. Mit einem Schluchzen, das aus ihrer Kehle hervorbrach, warf sie den Hörer auf den Apparat und jagte ins Schlafzimmer, um sich anzuziehen.

Sie musste mit Boyd sprechen. Musste ihn von

Angesicht zu Angesicht sehen. Um sich davon zu überzeugen, dass er unverletzt war. Und um ihn zu warnen, dachte sie hektisch. Sie wollte, sie konnte niemanden mehr verlieren, den sie liebte.

Ihr Haar war noch immer tropfnass, als sie die Treppe hinunterrannte und die Tür aufriss. Sie prallte fast mit Nick Peters zusammen.

„Oh Gott!“ Sie presste ihre Hände gegen ihre Brust. „Nick!“

„Tut mir Leid.“ Mit unsicheren Händen schob er seine Brille hoch. „Ich wollte Sie nicht erschrecken.“

„Ich muss weg.“ Sie suchte bereits in ihrer Handtasche nach den Schlüsseln. „Er hat angerufen. Ich muss zu Boyd. Ich muss ihn warnen.“

„Warten Sie.“ Nick hob die Schlüssel auf, die sie auf der Schwelle hatte fallen lassen. „So können Sie nicht fahren.“

„Ich muss zu Boyd“, wiederholte sie verzweifelt und packte Nick am Mantel. „Er hat gesagt, dass er ihn umbringen wird.“

„Sie regen sich dermaßen wegen eines Cops auf.“ Nicks Lippen wurden schmal. „Er sieht ganz so aus, als könnte er auf sich selbst aufpassen.“

„Sie verstehen das nicht“, setzte sie an.

„Doch, ich verstehe. Ich verstehe sehr gut. Sie

sind mit ihm weggefahren.“ Der anklagende Tonfall überraschte sie und verunsicherte sie so, dass sie einen Blick zu dem Streifenwagen am Straßenrand warf. Dann jedoch nahm sie sich zusammen. Es war albern, absolut albern, Angst vor Nick zu haben.

„Nick, es tut mir Leid, aber ich habe jetzt keine Zeit zum Reden. Könnten wir später im Sender darauf zurückkommen?“

„Ich habe gekündigt.“ Er stieß die Worte hervor. „Ich habe heute Vormittag gekündigt.“

„Oh, aber warum? Sie machen sich doch so gut. Sie haben eine Zukunft bei KHIP.“

„Sie haben keine Ahnung“, sagte er bitter. „Und es ist Ihnen auch völlig egal.“

„Nein, das ist es nicht.“ Als sie ihn am Arm berühren wollte, zuckte er zurück.

„Sie haben es zugelassen, dass ich mich Ihretwegen zum Narren gemacht habe.“

Oh Gott, nicht noch einmal. „Nick, nein.“

„Sie lassen mich nicht einmal in Ihre Nähe, und dann kommt er daher, und alles ist vorbei, bevor Sie es haben beginnen lassen. Jetzt wollen sie, dass ich aufs Revier komme. Sie wollen mich verhören.“ Seine Lippen zitterten. „Sie denken, ich wäre derjenige, der Sie angerufen hat.“

„Da muss es einen Fehler ..."

„Wie konnten Sie nur?" schrie er. „Wie konnten Sie glauben, ich wollte Ihnen etwas antun?" Er ließ die Schlüssel in ihre Hand fallen. „Ich bin nur hergekommen, um Ihnen zu sagen, dass ich gekündigt habe, damit Sie keine Angst mehr haben müssen, ich könnte Sie noch einmal belästigen."

„Nick, bitte, warten Sie." Doch er hastete bereits zu seinem Wagen, ohne sich umzusehen.

Weil ihre Knie so schwach waren, ließ Cilla sich auf die Schwelle sinken. Sie brauchte einen Moment, um sich zu fassen, bevor sie sich ans Steuer eines Autos setzen konnte.

Wie hatte sie so dumm, so blind sein können, nicht zu sehen, dass Nicks Stolz und Selbstbewusstsein auf dem Spiel standen. Jetzt hatte sie ihn verletzt, einfach indem sie sich nicht gekümmert hatte. Irgendwie musste sie dieses Chaos ausbügeln, zu dem ihr Leben verkommen war. Dann musste sie anfangen, alles wieder gutzumachen.

Sie war ruhiger, als sie sich erhob, sorgfältig die Tür verschloss und dann zu ihrem Wagen ging.

Sie hasste Polizeistationen – hatte es von Anfang an getan. Sie betastete das Ansteckschild aus Plastik für Besucher, während sie den Korridor entlangging. Er war vor kurzem geschrubbt worden, und sie fing den Tannenduft von Reinigungsmittel zusammen mit dem stets gegenwärtigen Geruch von Kaffee auf.

Telefone klingelten. Ein unaufhörlicher, schriller Wirbel von Geräuschen, unterbrochen von Stimmen, die etwas riefen oder murmelten. Cilla wandte sich einer Tür zu, der Quelle des Lärms.

Dieses Revier war anders als der beengte Raum, in dem ihre Mutter gearbeitet hatte. Und gestorben war. Hier gab es mehr Platz, weniger Schmutz und zusätzlich einige Computerterminals. Das Klicken der Tastaturen war ein alles untermalender Rhythmus.

Männer und Frauen, die Jacken ausgezogen, die Hemden durchgeschwitzt, obwohl es draußen windig und kalt war.

Auf einer Bank in der Nähe wiegte eine Frau ein schreiendes Baby, während ein Cop es abzulenken versuchte, indem er mit Handschellen klimperte. Auf der anderen Seite des Raums machte ein junges Mädchen, sicher noch ein Teenager, eine Aussage bei einem energischen weiblichen Cop in Jeans und Sweatshirt. Stumme Tränen liefen über das Gesicht des Mädchens.

Und Cilla erinnerte sich.

Sie erinnerte sich, wie sie in einer Ecke eines Polizeireviers gesessen hatte, kleiner, heißer, schäbiger als das, in dem sie jetzt stand. Sie war fünf oder sechs gewesen, und der Babysitter hatte wegen einer Magen- und Darmgrippe abgesagt. Ihre Mutter hatte sie mit zur Arbeit genommen – es ging um einen Bericht, der unbedingt geschrieben werden musste. Also hatte Cilla in einer Ecke gesessen mit einer Puppe und einem Bilderbuch und hatte auf die Telefone und auf die Stimmen gelauscht. Und hatte darauf gewartet, dass ihre Mutter sie nach Hause brachte.

Es hatte da einen Wasserkühler gegeben, daran erinnerte sie sich. Und einen Deckenventilator. Sie hatte beobachtet, wie die Blasen in dem Wasser gluckssten und die Flügel sich träge drehten. Stundenlang. Ihre Mutter hatte sie vergessen. Bis Cilla, von ihrem Babysitter angesteckt, ihr Frühstück auf den Fußboden des Reviers erbrochen hatte.

Zitternd wischte Cilla sich mit einer Hand über die feuchte Stirn. Das waren alte Erinnerungen, ermahnte sie sich. Und es war auch noch nicht alles gewesen. Nachdem ihr schlecht geworden war, hatte ihre Mutter sie gesäubert und in ihren Armen gehalten und nach Hause gebracht und für den Rest des Tages verwöhnt. Es war niemandem gegenüber fair, sich nur an die unglückliche Seite zu erinnern.

Doch während sie dastand, fühlte sie nur zu deutlich die nagende Übelkeit, den kalten Schweiß und das Elend, weil man allein und vergessen war.

Dann sah sie ihn, wie er aus einem anderen Raum trat. Sein T-Shirt war auf der Brust feucht. Jackson war hinter ihm, seine Mütze auf dem Kopf, sein Gesicht nervös und schweißbedeckt. Neben ihm war Althea.

Jackson sah sie zuerst. Er tat zögernd einen Schritt auf sie zu, blieb stehen und zuckte die Schultern. Cilla zögerte nicht. Sie ging zu ihm und nahm seine Hand in ihre Hände.

„Alles in Ordnung mit dir?"

„Sicher." Jackson zuckte erneut die Schultern, aber seine Finger umklammerten sie fest. „Wir mussten nur ein paar Dinge klären. Keine große Sache."

„Es tut mir Leid. Hör mal, wenn du mit jemandem sprechen willst, wenn du mit mir sprechen willst, kannst du auf mich warten."

„Nein, ich bin in Ordnung. Wirklich." Er hob eine Hand und rückte seine Mütze zurecht. „Ich schätze, wenn man es einmal versiebt hat, muss man immer dafür bezahlen."

„Ach, Jim!"

„Hey, ich komme klar damit." Er lächelte ihr rasch zu. „Ich sehe dich heute Nacht."

„Sicher."

„Wir sind Ihnen für Ihr Entgegenkommen sehr dankbar, Mr. Jackson", warf Althea ein.

„Ich sagte Ihnen doch, ich mache alles, wenn es Cilla hilft. Ich schulde dir was", sagte er zu Cilla und winkte ab, ehe sie den Kopf schütteln konnte. „Ich schulde dir was", wiederholte er und ging auf den Korridor hinaus.

„Ich hätte euch sagen können, dass ihr eure Zeit verschwendet", stellte Cilla fest.

Boyd nickte. „Du hättest uns eine Menge sagen können."

„Vielleicht." Sie wandte sich ihm zu. „Ich muss mit euch beiden sprechen."

„In Ordnung." Boyd deutete in das Verhörzimmer. „Da drinnen ist es ruhiger."

„Wollen Sie etwas Kühles?" fragte Althea, bevor sie sich niederließen. „Ich glaube, sie haben die Heizung endlich repariert, aber hier drinnen ist es noch immer wie in einem Backofen."

„Nein, danke, es dauert nicht lange." Sie setzte sich, Althea nahm ihr gegenüber Platz, Boyd am Kopfende des Tisches. Sie versuchte, ihre Worte sorgfältig zu wählen. „Dürfte ich fragen, warum ihr Jackson hergeholt habt?"

„Ihr habt in Richmond zusammengearbeitet." Boyd schob eine Akte beiseite. „Er wurde wegen eines Alkoholproblems gefeuert, und du hast seinen Job übernommen. Damals war er darüber nicht besonders glücklich."

„Nein, das war er nicht."

„Warum hast du es uns nicht erzählt, Cilla?"

„Ich habe nicht daran gedacht." Sie hob die Hand. „Ich habe ehrlich nicht daran gedacht. Es ist lange her, und Jackson hat sich sehr verändert. Er hat euch bestimmt erzählt, dass er mehr als drei Jahre bei den Anonymen Alkoholikern war. Er hat mich eigens in Chicago besucht und wollte mir sagen, dass er mir nicht die Schuld daran gibt, was passiert ist. Er hat sein Leben wieder in den Griff gekriegt."

„Du hast ihm den Job bei KHIP besorgt", fügte Boyd hinzu.

„Ich habe ein gutes Wort für ihn eingelegt", erwiderte sie. „Ich stelle die Leute nicht ein. Er war ein Freund, und er brauchte eine Chance. Wenn er nüchtern ist, ist Jackson einer der Besten. Und er würde keiner Fliege was zu Leide tun."

„Und wenn er betrunken ist, zertrümmert er Bars, bedroht Frauen und fährt mit seinem Wagen gegen Telefonmasten."

„Das ist lange her." Cilla kämpfte um Ruhe. „Wichtig ist doch, dass er nüchtern ist. Manche Dinge muss man vergeben und vergessen."

„Ja." Er betrachtete sie sorgfältig. „Die gibt es."

Sie dachte wieder an ihre Mutter und an diese schmerzliche Erinnerung an das Revier. „Ich bin allerdings nicht wegen Jackson hergekommen. Ich habe wieder daheim einen Anruf erhalten."

„Wir wissen es." Altheas Stimme war energisch. „Man hat die Information gerade eben an uns weitergegeben."

„Dann wisst ihr auch, was er gesagt hat." Altheas kühler Blick war ihr unsympathisch, und so wandte Cilla sich an Boyd. „Er will jetzt dir etwas antun. Er weiß, dass du etwas mit mir hast, und er hat dich in seine kranken Pläne einbezogen."

„Unsere Leute haben den Anruf zu einer Telefonzelle nur ein paar Straßen von deinem Haus entfernt verfolgt", setzte Boyd an.

„Hast du mich nicht gehört?" Cilla schlug mit der

Faust auf den Tisch, dass die Stifte hochsprangen. „Er will dich auch umbringen."

Er griff nicht nach ihrer Hand, um sie zu besänftigen. Im Moment, fand er, brauchte sie ihn mehr professionell als persönlich. „Da ich dich beschütze, hätte er das ohnedies versuchen müssen. Nichts hat sich geändert."

„Alles hat sich geändert", platzte sie heraus. „Es ist ihm egal, ob du bei der Polizei bist oder nicht. Es interessiert ihn nur, dass du mit mir zusammen bist. Ich will dich raushaben aus diesem Fall. Ich will, dass du ersetzt wirst. Ich will dich nicht mehr in meiner Nähe haben, bis das alles vorbei ist."

Boyd zerdrückte einen Pappbecher in seiner Hand und warf ihn in einen Papierkorb. „Mach dich nicht lächerlich."

„Ich mache mich nicht lächerlich. Ich denke praktisch." Sie wandte sich an Althea, eine Bitte in ihren Augen. „Sprechen Sie mit ihm. Auf Sie wird er hören."

„Tut mir Leid", sagte Althea nach einem Moment. „Ich stimme ihm zu. Wir beide haben einen Job, und Sie sind im Moment unser Auftrag."

Verzweifelt fuhr Cilla wieder zu Boyd herum. „Dann gehe ich selbst zum Captain."

„Er weiß bereits über den Anruf Bescheid.“

Sie sprang auf. „Ich erzähle ihm, dass ich mit dir schlafe.“

„Setz dich, Cilla.“

„Ich werde darauf bestehen, dass er dich von dem Fall abzieht.“

„Setz dich“, wiederholte Boyd. Seine Stimme war noch immer sanft, doch diesmal gab sie nach und ließ sich auf ihren Stuhl zurückfallen. „Du kannst zum Captain gehen und einen anderen Polizisten verlangen. Du kannst darauf bestehen. Das macht keinen Unterschied. Wenn er mich von dem Fall abzieht, gebe ich einfach meine Dienstmarke ab.“

Ihr Kopf schnellte hoch. „Das glaube ich dir nicht.“

„Stell mich auf die Probe.“

Er war zu ruhig, erkannte Cilla. Und zu entschlossen. Wie eine Steinmauer, dachte sie verzweifelt. Wenn er so war, hatte es keinen Sinn, sich ihm direkt in den Weg zu stellen. „Boyd, ist dir denn nicht klar, dass ich es nicht ertragen könnte, wenn dir etwas zustößt?“

„Ja“, sagte er langsam. „Es ist mir klar. Aber dir sollte auch klar sein, dass ich genauso verletzbar bin, was dich angeht.“

„Darum dreht sich doch alles." Verzagt und um ihren Worten Nachdruck zu verleihen ergriff sie seine Hände. „Du bist verletzbar. Hör auf mich." In ihrer Verzweiflung zog sie seine Hand an ihre Wange. „Acht Jahre habe ich mir über eines den Kopf zerbrochen. Wenn damals irgendjemand anderer mit meiner Mutter in diesem Raum gewesen wäre, ein anderer als mein Vater, wäre sie dann aufmerksamer, wäre sie schneller gewesen? Wäre sie konzentrierter gewesen? Treib es nicht so weit, dass ich mir für den Rest meines Lebens die gleiche Frage über dich stellen muss."

„Deine Mutter war nicht vorbereitet. Ich bin es."

„Nichts, was ich sage, ändert deine Meinung."

„Nein. Ich liebe dich, Cilla. Irgendwann bald wirst du das akzeptieren müssen. In der Zwischenzeit musst du mir vertrauen."

Sie zog ihre Hand weg und ließ sie in ihren Schoß sinken. „Dann gibt es nichts mehr zu sagen."

„Da ist noch das hier." Er zog eine Akte zu sich heran. „John McGillis."

Ihr Kopf schmerzte. Cilla presste die Hände gegen ihre Augen. „Was ist mit ihm?"

„Er ist tot."

Langsam senkte sie die Hände. „Tot?" wiederholte sie dumpf. „Aber er war doch noch ein Kind. Bist du ganz sicher?"

„Ja." Der Mann in ihm wünschte sich, ihr das ersparen zu können. Der Cop wusste, dass er es nicht konnte. „Er hat vor fünf Monaten Selbstmord begangen."

Einen Moment starrte sie bloß. Dann wich das Blut aus ihrem Gesicht. „Oh Gott. Oh du mein Gott. Er … er drohte damit, aber ich glaubte nicht …"

„Er war labil, Cilla. Er war immer wieder in therapeutischer Behandlung, seit er vierzehn war. Hatte Schwierigkeiten mit seiner Mutter, in der Schule, mit seinen Altersgefährten. Er hatte davor schon zwei Selbstmordversuche hinter sich."

„Aber er war so ruhig. Er bemühte sich so, mich …" Sie stockte und presste die Augen zu. „Er brachte sich um, nachdem ich Chicago verlassen hatte. Genau, wie er es gesagt hatte."

„Er war gestört", sagte Althea sanft. „Tief gestört. Ein Jahr, bevor er Kontakt zu Ihnen aufnahm, hatte er eine Beziehung mit einem Mädchen. Als sie den Kontakt zu ihm abbrach, schluckte er eine Hand voll Barbiturate. Er war eine Weile in der Klinik. Und er war erst ein paar Wochen wieder draußen, als er die Verbindung zu Ihnen suchte."

„Ich war grausam zu ihm." Cilla drehte ihre Handtasche immer wieder auf ihrem Schoß herum. „Wirklich grausam. Damals dachte ich, das wäre die beste Art, um mit der Sache fertig zu werden. Ich dachte, es würde ihm zwar wehtun und er würde mich eine Weile hassen, dann aber ein nettes Mädchen finden und ..."

„Ich werde dir nicht sagen, dass es nicht deine Schuld war. Du bist nämlich klug genug, um das selbst zu wissen." Boyd verbannte bewusst aus seiner Stimme alles Mitgefühl. „McGillis richtete seine Handlungen gegen sich selbst. Du warst nur eine Entschuldigung."

Sie schauderte kurz. „Für mich ist das nicht so einfach. Ich lebe nicht so mit dem Tod wie du."

„Es ist nie einfach, für niemanden." Er öffnete die Akte. „Aber hier sind Prioritäten zu setzen, und meine ist es, eine Verbindung zwischen McGillis und dem Mann herzustellen, hinter dem wir her sind."

„Du glaubst wirklich, John ist der Grund, weshalb ich bedroht werde?"

„Das ist das Einzige, was passt. Und jetzt möchte ich, dass du uns über ihn alles erzählst, an das du dich erinnerst."

Sie ließ endlich ihre Handtasche los, legte ihre

Hände locker auf den Tisch und wiederholte ganz deutlich noch einmal alles, was sie ihm schon erzählt hatte.

„Hast du ihn jemals mit jemandem zusammen gesehen?“ fragte Boyd. „Hat er dir gegenüber je über seine Freunde, seine Familie gesprochen? Hat er überhaupt jemals jemanden erwähnt?“

„Er war immer allein. Ich sagte doch, er rief ständig im Sender an. Wochenlang habe ich ihn gar nicht persönlich kennen gelernt. Als es so weit war, sprach er nur von seinen Gefühlen für mich. Davon, wie wir zusammen sein sollten.“ Sie verschlang ihre Finger ineinander. „Er schickte mir Zettel und Blumen. Kleine Geschenke. Dann wurden seine Nachrichten persönlicher. Nicht sexuell, sondern gefühlsmäßig. Die Beherrschung hat er nur einmal verloren, als er mir seine Tätowierung zeigte. Er hatte diese Messer auf seiner Brust eintätowiert. Das wirkte bei ihm so unpassend. Ich sagte ihm, ich würde es dumm finden, seinen Körper so zu verunstalten. Wir waren auf dem Parkplatz. Ich war müde und verärgert, und da war dieses Kind und zog sein Hemd auf, um mir diese alberne Tätowierung zu zeigen. Er war betroffen, dass sie mir nicht gefiel. Richtig wütend. Das war das einzige Mal, dass ich ihn wütend erlebte. Er sagte, wenn die Tätowierung gut genug für seinen Bruder wäre, dann wäre sie es auch für ihn."

„Für seinen Bruder?" wiederholte Boyd.

„Richtig."

„Er hatte keinen Bruder."

Sie hörte auf, mit ihren Fingern zu spielen. „Doch, er hatte einen. Er hat ihn ein paar Mal erwähnt."

„Auch seinen Namen?"

„Nein." Sie zögerte und überlegte. „Nein", wiederholte sie sicherer. „Er erwähnte nur, dass sein Bruder in Kalifornien lebte. Er hatte ihn seit zwei Monaten nicht gesehen. Er wollte, dass ich ihn kennen lerne."

„Er hatte keinen Bruder", bestätigte Althea.

Cilla schüttelte den Kopf. „Dann hat er ihn erfunden."

„Nein." Boyd lehnte sich zurück und betrachtete abwechselnd seine Partnerin und Cilla. „Ich glaube nicht, dass der Mann, hinter dem wir her sind, eine Erfindung von John McGillis' Fantasie ist."

10. KAPITEL

Cillas Kopf hämmerte in einem dumpfen, gleichmäßigen Rhythmus, der in ihren Ohren dröhnte. Es war zu viel, das alles aufzunehmen. Der Anruf, Nicks Besuch, die neuen Erkenntnisse auf dem Revier, John McGillis' Selbstmord.

Zum ersten Mal in ihrem Leben geriet Cilla in Versuchung, sich in ihrem Zimmer einzuschließen und sich in einen von Tabletten betäubten Schlaf zu flüchten. Sie wollte Frieden, ein paar Stunden Frieden, ohne Schuld, ohne Träume, ohne Ängste.

Nein, erkannte sie, mehr noch, viel mehr noch wollte sie wieder Kontrolle über ihr Leben. Früher hatte sie diese Kontrolle als gesichert angesehen, aber das würde sie nie wieder tun.

Sie wusste nicht, was sie dazu sagen sollte, als ihr Boyd ins Haus folgte. Sie war viel zu müde, um zu widersprechen, vor allem, da sie wusste, dass Widerspruch sinnlos war. Er würde den Fall nicht abgeben. Er würde ihr nicht glauben, wenn sie ihm sagte, dass sie keine gemeinsame Zukunft hatten. Er weigerte sich zu begreifen, dass sie in beiden Punkten nur sein Bestes wollte.

„Hast du etwas gegessen?“ fragte er, als sie die Küche betrat.

„Ich erinnere mich nicht.“ Sie verschränkte die Arme und blickte aus dem Fenster. „Aber ich bin nicht hungrig. Sicher findest du irgend etwas zu essen, falls *du* Hunger hast.“

„Wie wäre es, wenn du ein wenig schläfst?“ Er legte seine Hände auf ihre Schultern und massierte sie sanft.

„Ich könnte jetzt nicht schlafen.“ Leise seufzend legte sie ihre Hand auf seine. „In ein paar Wochen muss ich den Rasen mähen. Ich glaube, das wird mir Spaß machen. Ich hatte noch nie einen Rasen zu mähen.“

„Kann ich herkommen und zusehen?“

Sie lächelte, und das hatte er auch bezweckt. „Es gefällt mir hier“, murmelte sie. „Nicht nur das Haus, obwohl es mir viel bedeutet, hier zu stehen und auf etwas hinauszusehen, das mir gehört. Es ist dieser Ort. Ich habe mich nirgendwo richtig zu Hause gefühlt, seit ich Georgia verlassen habe. Mir war das nicht einmal bewusst, bevor ich hierher kam und mich wieder zu Hause fühlte.“

„Manchmal findet man, was man will, ohne danach zu suchen.“

Sie wusste, dass er von Liebe sprach. Aber sie hatte Angst, davon anzufangen.

„An manchen Tagen ist der Himmel so blau, dass es in den Augen schmerzt. Wenn man im Stadtzentrum ist an einem von diesen Tagen, an denen der Wind alles durchgepustet und gereinigt hat, sehen die Gebäude wie gegen den Himmel gemalt aus. Und man kann die Berge sehen. Man kann mitten in der Rushhour an der Straßenecke stehen und die Berge sehen. Ich will hierher gehören."

Er drehte sie zu sich um. „Das tust du."

„Ich habe nie daran geglaubt, dass etwas andauern könnte. Aber bevor das jetzt passiert ist, habe ich angefangen, daran zu glauben. Ich weiß nicht, ob ich hierher oder sonstwohin gehören kann, bevor ich nicht meine Angst verliere, Boyd." Sie hob ihre Hände zu seinem Gesicht. Angespannt betrachtete sie ihn, als wollte sie sich jeden Zug einprägen. „Ich spreche nicht nur von einem Ort, an den ich gehören will, sondern auch von einem Menschen. Du bedeutest mir mehr, als mir jemals in meinem Leben jemand bedeutet hat, Deborah ausgenommen. Und ich weiß, dass das nicht genug ist."

„Du täuschst dich." Er berührte ihre Lippen mit den seinen. „Das ist haargenau genug."

Sie schüttelte frustriert den Kopf. „Du hörst mir einfach nicht zu."

„Wieder falsch. Ich höre dir zu, Cilla. Ich stimme nur nicht immer dem zu, was du sagst."

„Du musst nicht zustimmen, sondern bloß akzeptieren."

„Ich sage dir was – wenn das hier vorüber ist, führen wir beide ein hübsches, langes Gespräch darüber, was wir akzeptieren müssen."

„Wenn das hier vorüber ist, könntest du tot sein." Impulsiv packte sie ihn fester. „Willst du mich wirklich heiraten?"

„Du weißt, dass ich das will."

„Wenn ich sage, dass ich dich heirate, ziehst du dich dann von dem Fall zurück? Überlässt du ihn dann einem anderen und gehst in dein Haus in den Bergen, bis es vorbei ist?"

Er kämpfte gegen bitteren Zorn. „Du solltest dich hüten, einen Staatsdiener zu bestechen."

„Ich mache keine Scherze."

„Nein." Seine Augen wurden hart. „Ich wünschte, du würdest welche machen."

„Ich werde dich heiraten, und ich werde alles tun, damit du glücklich wirst, wenn du mir diesen einen Wunsch erfüllst."

Er wich zurück. „Nichts zu machen, O'Roarke."

„Verdammt, Boyd."

Er stopfte seine Hände in die Hosentaschen, bevor er explodierte. „Meinst du, das ist so eine Art Tauschhandel? Was du willst, gegen das, was ich will? Verdammt, wir sprechen über Heirat. Das ist eine emotionale Bindung und ein legaler Vertrag, kein Tauschobjekt. Was kommt als Nächstes?" fragte er. „Ich gebe meinen Job auf, und du bist einverstanden, von mir ein Kind zu bekommen?"

Schock und Scham raubten ihr die Sprache. Sie hob abwehrend die Hände. „Tut mir Leid, tut mir Leid", brachte sie endlich hervor. „Ich wollte nicht, dass es so klingt. Ich muss nur ständig daran denken, was er heute gesagt hat. Wie er es gesagt hat. Und ich kann mir vorstellen, wie es wäre, wenn du nicht hier wärst." Sie schloss die Augen. „Es wäre schlimmer als der Tod."

„Ich bin hier." Er griff wieder nach ihr. „Und ich bleibe hier. Keinem von uns wird etwas zustoßen."

Sie zog ihn fest an sich und presste ihr Gesicht gegen seinen Hals. „Sei nicht böse. Ich habe im Moment einfach keine Kraft für einen ordentlichen Streit in mir."

Er entspannte sich und hob seine Hand, berührte ihr Haar. „Wir heben ihn uns eben für später auf."

Sie wollte nicht an später denken. Nur an jetzt. „Komm mit nach oben", flüsterte sie. „Liebe mich."

Hand in Hand gingen sie durch das leere Haus, die Treppe hinauf. Im Schlafzimmer schloss Cilla die Tür und versperrte sie. Die Geste war ein Symbol für ihren Wunsch, in diesem Moment alles außer Boyd auszuschließen.

Die Sonne fiel kräftig durch die Fenster, doch Cilla verspürte nicht das Verlangen nach gedämpftem Licht oder Dunkelheit. Hier sollte es zwischen ihnen keine Geheimnisse geben. Ihre Augen auf ihn gerichtet, begann sie, sein Hemd aufzuknöpfen.

Noch vor wenigen Tagen hätte sie davor Angst gehabt. Angst vor einem falschen Handgriff, vor einem falschen Wort, davor, dass sie zu viel oder nicht genug anbot. Er hatte ihr bereits gezeigt, dass sie nur eine Hand auszustrecken und gewillt zu sein brauchte, mit ihm zu teilen.

Sie entkleideten sich schweigend, ohne sich zu berühren. Spürte er ihre Stimmung? Spürte sie die seine? Sie wusste nur, dass sie ihn ansehen, seinen Anblick in sich aufnehmen wollte.

Sie sah, wie das Licht durch das Fenster und auf

sein Haar fiel – wie seine Augen sich verdunkelten, während er sie betrachtete. Sie wollte die Linien seines Körpers genießen, die Stränge seiner Muskeln, die glatte, straffe Haut.

Ob sie wohl ahnte, wie erregend sie war? Sie stand mitten im Raum, ihre Kleider zu ihren Füßen, ihre Haut bereits in Vorfreude gerötet, ihre Augen verschleiert und aufnahmebereit.

Er wartete. Obwohl er sie so dringend berühren wollte, dass seine Finger sich wie versengt anfühlten, wartete er.

Sie kam zu ihm, die Arme erhoben, die Lippen geöffnet. Schlank, weich, verführerisch presste sie sich an ihn. Sein Name klang wie ein ruhiger Seufzer, als sie ihren Mund auf den seinen senkte.

Zuhause. Der Gedanke regte sich in ihr – ein bebender Wunsch. Er war ihr Zuhause. Die Stärke seiner Arme, die Zärtlichkeit seiner Hände, die uneingeschränkte Großzügigkeit seines Herzens. Tränen brannten in ihren Augen, als sie sich in dem Kuss verlor.

Er fühlte die Veränderung, das langsame und feine Nachgeben. Es erregte ihn unerträglich. Sie war stark und heiß wie eine Flamme und knisterte von Leben und Leidenschaft. In ihrer Hingabe war sie wie eine Droge, die sich lautlos in sein Blut mischte.

Von ihrer totalen Unterwerfung verführt und darin verloren, drückte er sie auf das Bett. Ihr Körper gehörte ihm. Und zum ersten Mal – das fühlte er – auch ihr Geist und ihr Herz. Er ging behutsam vor, um alles ganz sanft angehen zu lassen.

So süß, dachte sie verträumt. So schön. Das geduldige Streicheln seiner Finger, die federleichte Berührung seiner Lippen ließen den hellen Nachmittag so geheimnisvoll erscheinen wie die Stimmung um Mitternacht. Da sie jetzt wusste, wohin er sie bringen konnte, sehnte sie sich umso mehr nach dieser Reise.

Keine dunklen Gedanken. Keine nagenden Ängste. Wie Blumen kurz vor dem Erblühen, so wollte sie das Leben feiern, das schlichte Am-Leben-Sein und die Fähigkeit zur Liebe.

Er erregte sie zutiefst, wohl überlegt, quälend. Sie berührte und küsste ihn genauso großzügig. Sie flüsterte ihm keine Forderungen zu, sondern Versprechungen, die sie verzweifelt einhalten wollte.

Sie knieten zusammen auf dem Bett, lächelten, als sie einander berührten, ihre Körper fast schmerzlich im Einklang miteinander. Ihr Haar floss durch seine

Finger. Seine Haut zuckte unter ihrer leichten Liebkosung.

Leise, ruhige Seufzer.

Herz an Herz, streckten sie sich wieder aus. Lippen reizten Lippen. Ihre Augen waren offen, als er in sie glitt. Miteinander vereinigt, hielten sie einander fest, erlebten einen neuen Aufruhr der Empfindungen. Als sie sich bewegten, taten sie das gemeinsam und mit gleicher Hingabe.

Die Sendekabine wirkte wie eine andere Welt. Cilla saß am Mischpult und betrachtete die Regler, die sie so gut kannte. Ihr Geist und ihr Körper waren träge. Die klare Kontrolle, die sie an diesem Nachmittag mit Boyd zusammen für kurze Zeit erlebt hatte, war verschwunden. Sie wollte bloß, dass die Nacht schon vorbei war.

Er hatte erwähnt, dass er am nächsten Tag nach Chicago wollte. Sie musste ihn ermuntern. Wenn sie ihn schon nicht dazu brachte, sich ersetzen zu lassen, würde sie ihn wenigstens für ein oder zwei Tage weit weg wissen. Weg von ihr und sicher, dachte sie.

Er – wer immer es war – kam näher. Sie konnte es fühlen. Wenn er zuschlug, wollte sie, dass Boyd weit weg war.

Wenn dieser Mann entschlossen war, sie für das zu bestrafen, was mit John McGillis geschehen war, würde sie sich stellen. Boyd hatte in gewisser Weise Recht gehabt. Sie gab sich nicht die Schuld an Johns Selbstmord, aber sie trug einen Teil der Verantwortung. Und sie trauerte um ein junges vergeudetes Leben.

Die Polizei würde sie schon beschützen, dachte sie, als sie den nächsten Song ansagte. Und sie würde sich selbst beschützen. Die neue Angst, die zermürbende Angst kam daher, dass sie nicht wusste, wie sie Boyd schützen sollte.

„Du schläfst an den Schaltern ein", bemerkte Boyd.

Sie riss sich zusammen. „Nein, ich ruhe mich nur vor der nächsten Etappe etwas aus." Sie sah auf die Uhr. Es war fast Mitternacht. Fast Zeit für das Hörerwunschtelefon.

Wieder war der Sender verschlossen. Nur sie beide waren hier.

„Du bist schon halb durch", zeigte er auf. „Komm doch heute Nacht mit zu mir. Wir können uns meine Muddy-Waters-Platten anhören."

Sie stellte sich dumm, weil sie wusste, dass ihn das amüsierte. „Was für Platten?"

„Komm schon, O'Roarke."

Es half ihr sehr, ihn lächeln zu sehen. Dadurch wirkte alles fast normal. „Okay, ich höre mir diese Muddy Whatsis ..."

„Waters."

„Richtig ... wenn du diese drei kleinen Fragen über Musik beantworten kannst."

„Schieß los."

„Warte." Sie stellte die neue Platte ein, gab eine kurze Einleitung. Dann wühlte sie in ihren Papieren. „Okay, Nummer eins, welche britische Rockgruppe hat als Erste in den Staaten getourt?"

„Ah, eine Trickfrage. Die Dave Clark Five. Die Beatles waren die zweiten."

„Nicht schlecht für einen Amateur. Nummer zwei. Wer trat in Woodstock als Letzter auf?"

„Jimi Hendrix. Du musst dir schon was Besseres einfallen lassen, O'Roarke."

„Ich lulle dich bloß ein. Nummer drei, und das ist die Hauptfrage, Fletcher. In welchem Jahr erschien der Hit ‚That'll Be the Day' von Buddy Holly und den Crickets?"

„Ziemlich lange her, nicht wahr?"

„Beantworte einfach die Frage, Schlaukopf."

„Sechsundfünfzig."

„Wie schade. Es war siebenundfünfzig. Du hast verloren.“

„Das möchte ich nachschlagen.“

„Lass dich nicht aufhalten. Jetzt musst du mit zu mir kommen und dir eine Rolling-Stones-Retrospektive anhören.“ Sie gähnte gewaltig.

„Falls du so lange wach bleibst.“ Er freute sich, dass sie sich einen Moment Zeit zum Herumspielen genommen hatte. „Willst du Kaffee?“

Sie warf ihm einen dankbaren Blick zu. „Nur so dringend, wie ich atmen will.“

„Ich hole welchen.“

Der Sender war leer, dachte er. Seit Nick Peters aus verletztem Ego heraus gekündigt hatte, war niemand mehr da, der abends eine letzte Kanne Kaffee machte. Auch er sah auf die Uhr. Er wollte es hinter sich bringen und wieder bei Cilla sein, bevor die Telefone zu klingeln begannen.

Er wollte ihr auch ein Doughnut bringen, wenn er schon dabei war. Boyd warf automatisch einen Blick in den Korridor. Etwas Zucker half ihr bestimmt, die Nacht durchzustehen.

Bevor er in den Aufenthaltsraum ging, überprüfte er die Eingangstüren des Gebäudes. Die Schlösser befanden sich an ihrem Platz, und der Alarm war eingeschaltet. Sein Wagen stand einsam auf dem Parkplatz. Zufrieden ging er durch das Gebäude und überprüfte den hinteren Lieferanteneingang genauso sorgfältig, bevor er sich dem Aufenthaltsraum zuwandte.

Es konnte nicht mehr lange so weitergehen. Boyd war sicher, dass sie aufgrund der McGillis-Spur innerhalb von wenigen Tagen jemanden mit den Drohungen in Verbindung bringen konnten. Es musste schön sein, Cilla ohne diese Spuren von Angst in den Augen zu sehen, ohne diese Spannung in ihren Schultern.

Die Ruhelosigkeit wird bleiben, dachte er. Und die Energie. Die gehörten genauso zu ihr wie ihre Haarfarbe.

Er tat einen extra Messbecher Kaffee in die Kanne und lauschte auf ihre Stimme über Lautsprecher, während sie von einer Platte zur nächsten überleitete.

Diese magische Stimme, dachte er. Er hatte keine Ahnung gehabt, als er sie zum ersten Mal hörte und von ihr berührt wurde, dass er sich in die Frau hinter der Stimme verlieben würde.

Joan Jett sang jetzt „I Love Rock and Roll". Obwohl der Lautsprecher in dem Aufenthaltsraum ganz leise gestellt war, kam das Feeling voll rüber. Das sollte Cillas Erkennungssong sein, überlegte er. Obwohl er in den zwei Tagen in seinem Holzhaus herausgefunden hatte, dass sie genauso leicht von Sängerinnen wie Patsy Cline oder Ella Fitzgerald fasziniert war.

Was sie beide brauchten, war eine richtige schöne Woche in den Bergen. Ohne Spannungen von außen, die sie störten.

Er sog behaglich den Duft des Kaffees ein, als dieser durchzulaufen begann, und hoffte, er könne schnell nach Chicago, die Antworten finden, die er brauchte, und sofort zurückkommen.

Von einem leisen Geräusch auf dem Korridor aufgeschreckt, wirbelte er herum. Ein Rascheln. Das Knarren eines Dielenbretts. Seine Hand war schon am Revolvergriff. Er zog, presste den Rücken gegen die Seitenwand, tat drei vorsichtige Schritte auf die Tür zu, spähte um die Ecke.

Du wirst nervös, sagte er sich, als er nichts sah als den leeren Korridor und den Schimmer der Sicherheitsbeleuchtung. Doch aus Instinkt heraus behielt er die Waffe in der Hand. Er tat gerade den nächsten Schritt, als die Lichter ausgingen.

Lautlos fluchend, bewegte er sich schnell voran.

Obwohl er seine Waffe aus Sicherheitsgründen nach oben gerichtet hielt, war er bereit, sie zu gebrauchen. Über seinem Kopf pulsierte weiterhin die leidenschaftliche Musik. Vor sich sah er das schwache Schimmern der Lichter aus der Sendekabine. Sie ist dort, sagte er sich. Bei diesen Lichtern in Sicherheit. Den Rücken gegen die Wand gedrückt, ließ er seinen Blick durch den dunklen Korridor hin und her schweifen, während er sich auf sie zubewegte.

Als er um die letzte Ecke des Korridors vor der Kabine kam, hörte er etwas hinter sich. Er sah die Tür zum Abstellraum aufschwingen und wirbelte herum.

Das Messer sah er nicht.

„Das waren Joan Jett und die Blackhearts für Sie. Es ist zehn vor Mitternacht, und Denver hat angenehme acht Grad.“ Cilla blickte stirnrunzelnd auf die Uhr und fragte sich, wieso Boyd so lange brauchte. „Eine kleine Erinnerung daran, dass Sie KHIPs ‚Wilden Bob‘ morgen im Brown Palace Hotel in der 17th Street erleben können. Hey, wenn Sie noch nie da waren, das ist schon ein toller Schuppen. Es gibt noch Eintrittskarten für das Bankett zu Gunsten misshandelter Kinder. Macht eure Brieftaschen auf.

Zwanzig Dollar für eine einzelne Person, vierzig, wenn Sie Ihre Süße oder Ihren Süßen mitbringen. Die Feier geht um sieben Uhr los, und der ‚Wilde Bob' bringt für Sie die Platten in Schwung." Sie legte den nächsten Song auf.

„Und jetzt begleiten wir Sie mit zwei Songs bis Mitternacht. Hier ist Cilla O'Roarke. Wir haben noch die Nachrichten, und dann kommt das Hörerwunschtelefon."

Sie schaltete ihr Mikro aus, zuckte die Schultern, um sie zu lockern, und nahm die Kopfhörer ab. Sie summte vor sich hin, während sie den Laufplan des Programmdirektors überflog. Werbung vom Band kam als Nächstes, danach die Nachrichten zur vollen Stunde. Sie stieß sich von dem Mischpult ab, um sich auf den nächsten Abschnitt vorzubereiten.

In diesem Moment sah sie, dass der Korridor hinter der Glastür dunkel war. Zuerst starrte sie nur verblüfft hinaus. Dann schoss ihr das Blut in den Kopf. Wenn die Sicherheitsbeleuchtung ausgefallen war, funktionierte der Alarm wahrscheinlich auch nicht.

Er war hier. Schweiß lief kalt über ihre Stirn, als sie die Rückenlehne ihres Stuhls umkrallte. Heute Nacht würde es keinen Anruf geben, weil er hier war. Er kam zu ihr.

Ein Schrei stieg in ihrer Kehle hoch und erstickte in einer Flut von Panik.

Boyd. Er war auch wegen Boyd gekommen.

Von einem neuen Entsetzen vorangetrieben, preschte sie zur Tür.

„Boyd!“ schrie sie und stolperte in der Dunkelheit. Sie erstarrte, als sie den Schatten auf sich zukommen sah. Obwohl es nur eine formlose Gestalt auf dem dunklen Korridor war, wusste sie Bescheid. Hinter sich tastend, wich sie zurück. „Wo ist Boyd? Was haben Sie mit ihm getan?“ Sie tat noch einen Schritt rückwärts. Das Licht aus der Sendekabine fiel durch das Glas und durchschnitt die Dunkelheit. Sie setzte erneut zum Sprechen an, zum Betteln, als sie vor Erleichterung fast ohnmächtig wurde.

„Oh Gott, Sie sind das. Ich wusste nicht, dass Sie noch hier sind. Ich dachte, alle wären schon gegangen.“

„Alle sind gegangen“, antwortete er. Er trat voll ins Licht. Und lächelte. Cillas Erleichterung gefror. Er hielt ein Messer, ein Jagdmesser, dessen lange Klinge bereits blutbefleckt war.

„Boyd“, sagte sie.

„Er kann dir jetzt nicht helfen. Niemand kann

das. Wir sind ganz allein. Ich habe so lange darauf gewartet, dass wir beide ganz allein sind."

„Warum?" Sie war jetzt jenseits von Angst. Es war Boyds Blut auf der Klinge, und Gram ließ keinen Platz für Angst. „Warum, Billy?"

„Du hast meinen Bruder getötet."

„Nein. Nein, das habe ich nicht getan." Sie wich zurück in die Kabine. Heiße Hysterie brodelte in ihrer Kehle. Eisige Kälte überzog ihre Haut. „Ich habe John nicht getötet. Ich habe ihn kaum gekannt."

„Er hat dich geliebt." Der Wartungsmann hinkte näher, das Messer vor sich haltend, die Augen auf sie gerichtet. Seine Füße waren nackt. Er trug nur eine Tarnhose und eine schwarze Strumpfmütze, die er tief über seine grau werdenden Haare in die Stirn gezogen hatte. Obwohl er sein Gesicht und Brust und Arme schwarz beschmiert hatte, konnte sie die Tätowierung über seinem Herzen sehen. Den Zwilling zu der Tätowierung, die sie bei John McGillis gesehen hatte.

„Du wolltest ihn heiraten. Er hat es mir erzählt."

„Er hat etwas falsch verstanden." Sie rang nach Luft, als er kurz mit dem Messer nach ihr stach. Ihr Stuhl fiel krachend um, als sie gegen die Mischpultkonsole fiel.

„Lüg mich nicht an, du Dreckstück! Er hat mir alles erzählt, wie du ihm gesagt hast, dass du ihn liebst und begehrst.“ Seine Stimme senkte sich, schwankte, wisperte wie die Stimme am Telefon und ließ ihr betäubtes Herz rasen. „Du hast ihn verführt. Er war so jung. Er hatte keine Ahnung von Frauen wie dir. Aber ich. Ich hätte ihn beschützt. Ich habe ihn immer beschützt. Er war gut.“ Billy wischte sich mit der Hand, die das Messer hielt, über die Augen, dann zog er eine Pistole aus seiner Tasche. „Zu gut für dich.“ Er feuerte eine Kugel in die Ablage über den Reglern. Cilla presste ihre Hände gegen ihren Mund, um einen Schrei zurückzuhalten. „Er hat mir erzählt, wie du gelogen und betrogen und dich aufgeführt hast.“

„Ich wollte John nie wehtun.“ Sie musste ruhig bleiben. Boyd war nicht tot. Sie würde einfach nicht glauben, dass er tot war. Aber er war verletzt. Irgendwie musste sie Hilfe holen. Sie stützte sich auf die Konsole, griff langsam hinter sich und öffnete ihr Mikro, während sie die ganze Zeit ihre Augen auf sein Gesicht gerichtet hielt. „Ich schwöre, Billy, ich wollte Ihrem Bruder nie wehtun.“

„Lügnerin!“ schrie er und hob das Messer an ihre Kehle. Sie bog sich zurück und kämpfte darum, ihr

Schaudern zu unterdrücken. „Du hast dir nichts aus ihm gemacht. Du hast dir nie was aus ihm gemacht. Du hast ihn nur benutzt. Frauen wie du lieben es, einen Mann zu benutzen."

„Ich mochte ihn." Sie sog den Atem ein, als das Messer leicht in ihren Hals schnitt. Blut sickerte warm über ihre Haut. „Er war ein netter Junge. Er ... er hat Sie geliebt."

„Ich habe ihn geliebt." Das Messer zitterte in seiner Hand, aber er zog es einen Zentimeter zurück. „Er war der einzige Mensch, den ich je geliebt habe, der mich je geliebt hat. Ich habe mich um ihn gekümmert."

„Ich weiß." Sie befeuchtete ihre trockenen Lippen. Sie atmte ruhig. Bestimmt kam jemand. Jemand hörte zu. Jemand musste es hören. Sie wagte nicht, ihre Augen von ihm zu wenden und zu dem Telefon zu blicken, an dem die Lichter wie verrückt blinkten.

„Er war erst fünf, als sie mich in dieses Heim schickten. Ich hätte es gehasst, wie ich alle anderen Heime gehasst habe, in die sie mich gesteckt haben. Aber John lebte dort. Er blickte zu mir auf. Er machte sich was aus mir. Er brauchte mich. Also blieb ich, bis ich achtzehn war. Das waren nur anderthalb Jahre, aber wir waren Brüder."

„Ja.“

„Ich bin in die Army eingetreten. Wenn ich Urlaub hatte, schlich er sich weg, um mich zu treffen. Das Schwein von einer Mutter wollte nicht, dass er was mit mir zu tun hat, weil ich mir ein paar Schwierigkeiten eingehandelt hatte.“ Er schoss noch einmal ungezielt und zerschmetterte das Glas über der Tür. „Aber es gefiel mir beim Militär. Es hat mir gut gefallen, und John hat meine Uniform gemocht.“ Seine Augen wurden glasig, während er sich erinnerte. „Sie haben uns nach Vietnam geschickt. Haben mir mein Bein versaut. Haben mir mein Leben versaut. Als wir zurückkamen, haben uns die Leute gehasst. Aber nicht John. Er war stolz auf mich. Niemand sonst war jemals stolz auf mich.“

„Ich weiß.“

„Sie haben versucht, ihn in eine Anstalt zu sperren. Zweimal.“ Wieder drückte er den Abzug. Eine Kugel schlug in die Tonbandmaschine fünfzehn Zentimeter neben Cillas Kopf. Der Angstschweiß trocknete auf ihrer Haut zu Eis. „Sie haben ihn nicht verstanden. Ich ging nach Kalifornien. Ich wollte dort einen hübschen Ort für uns finden. Ich brauchte nur Arbeit. John wollte Gedichte schreiben. Dann hat er dich getroffen.“ Das Glasige schmolz von seinen Augen, wurde von Hass weggesengt. „Er wollte nicht mehr nach Kalifornien kommen. Er wollte dich nicht verlassen. Er hat mir Briefe über dich geschrieben. Lange Briefe. Einmal hat er angerufen. Er hätte sein Geld nicht ausgeben sollen, aber er rief mich weit weg in Kalifornien an, um mir zu sagen, dass er heiraten würde. Du wolltest zu Weihnachten heiraten. Also wollte er warten. Ich sollte zurückkommen, weil er mich dabeihaben wollte."

Sie konnte nur den Kopf schütteln. „Ich habe nie zugestimmt, ihn zu heiraten. Auch wenn Sie mich töten, wird sich daran nichts ändern", sagte sie, als er die Pistole auf sie richtete. „Sie haben Recht, er hat mich nicht verstanden. Und ich habe ihn wahrscheinlich auch nicht verstanden. Er war jung. Er hat sich vorgestellt, ich wäre etwas, das ich nicht war, Billy. Es tut mir Leid, schrecklich Leid, aber ich habe seinen Tod nicht verursacht."

„Du hast ihn umgebracht." Er strich mit der flachen Seite der Klinge über ihre Wange. „Und du wirst dafür bezahlen."

„Ich kann Sie nicht aufhalten. Ich werde es nicht einmal versuchen. Aber bitte, sagen Sie mir, was Sie mit Boyd getan haben."

„Ich habe ihn getötet." Er lächelte, ein sanftes,

verlorenes Lächeln, das nicht zu seinen Waffen passte.

„Ich glaube Ihnen nicht."

„Er ist tot." Noch immer lächelnd, hielt er das Messer zum Licht hoch. „Es war leicht. Leichter, als ich in Erinnerung hatte. Ich habe es schnell gemacht", versicherte er ihr. „Ich wollte ihn töten, aber es ging mir nicht darum, dass er leidet. Nicht so wie du. Du wirst leiden. Ich habe es dir gesagt, erinnerst du dich? Ich habe dir gesagt, was ich mit dir machen werde."

„Wenn Sie Boyd getötet haben", flüsterte sie, „dann haben Sie mich schon getötet."

„Ich will, dass du bettelst." Er drückte das Messer wieder an ihre Kehle. „Ich will, dass du bettelst, wie John gebettelt hat."

„Es ist mir egal, was Sie mit mir machen." Sie konnte das Messer an ihrer Haut nicht fühlen. Sie konnte gar nichts fühlen. Aus weiter Ferne kam das Heulen von Sirenen. Cilla hörte sie ohne Emotion, ohne Hoffnung. Sie kamen, aber sie kamen zu spät. Sie blickte in Billys Augen. Und sie erkannte, dass sie diese Art von Schmerz verstand. Diesen Schmerz, wenn einem der Mensch genommen wurde, der einem am meisten bedeutete.

„Es tut mir Leid“, sagte sie, auf den Tod vorbereitet. „Ich habe ihn nicht geliebt.“

Vor Wut aufschreiend, versetzte er ihr mit dem Messergriff einen betäubenden Schlag gegen die Schläfe. Er hatte wochenlang geplant und gewartet. Er würde sie nicht schnell und gnädig töten. Kam nicht in Frage. Er wollte sie auf Knien sehen, wie sie um ihr Leben weinte und schrie.

Der explodierende Schmerz ließ sie zu Boden sinken. Sie hätte ihr Gesicht mit den Händen bedecken und weinen können. Nicht um sich selbst, sondern um Boyd.

Sie wandten sich beide um, als Boyd in die Tür taumelte.

Sekunden. Es dauerte nur einen Bruchteil von Sekunden. Ihr Blick klärte sich, ihr Herz barst fast. Am Leben! Er war am Leben!

Ihr erleichtertes Aufschluchzen verwandelte sich in einen Entsetzensschrei, als Billy die Pistole hob. Im nächsten Moment war sie auf den Beinen und rang mit ihm. Platten krachten auf den Boden, wurden unter den Füßen zertreten, als sie gegen ein Regal prallten. Sein Blick brannte sich in ihre Augen. Jetzt flehte sie. Sie flehte sogar, während sie mit ihm kämpfte.

Boyd fiel auf die Knie. Die Waffe rutschte ihm fast aus den nassen Fingern. Durch einen hellen roten Nebel konnte er die beiden sehen. Er wollte Cilla etwas zurufen, aber er konnte seine Stimme nicht durch seine Kehle zwingen. Er konnte nur beten, während er sich an sein Bewusstsein und die Waffe klammerte. Er sah das Messer hochsausen und zum Zustechen ansetzen. Er schoss.

Cilla hörte weder das Bersten von Glas noch das Fußgetrappel. Sie hörte nicht einmal den Knall, als die Kugel traf. Aber sie fühlte den Ruck in seinem Körper, als das Messer aus seiner Hand flog. Er rutschte aus ihrem Griff und krachte gegen die Konsole.

Mit wilden Augen wirbelte sie herum. Sie sah Boyd auf den Knien schwanken, die Waffe mit beiden Händen haltend. Hinter ihm war Althea, ihre Waffe noch auf die Gestalt gerichtet, die auf dem Boden ausgestreckt lag. Mit einem erstickten Aufschrei stürzte Cilla sich auf Boyd, als er hinfiel.

„Nein.“ Sie weinte, während sie die Haare aus seinem Gesicht strich, während sie mit einer Hand an seiner Seite hinunterfuhr und das Blut fühlte. „Bitte, nein.“ Sie bedeckte seinen Körper mit dem ihren.

„Sie müssen ihn ruhig liegen lassen und Platz machen." Althea drängte ihre Panik zurück, während sie Cilla beiseite schob.

„Er blutet!"

„Ich weiß." Und verdammt übel, dachte sie. „Ein Krankenwagen ist unterwegs."

Cilla riss sich die Bluse vom Leib, um einen Druckverband zu machen. Sie kniete neben Boyd und beugte sich über ihn. „Ich lasse ihn nicht sterben."

Altheas Augen trafen ihre. „Dann sind wir schon zwei", sagte die junge Polizistin.

11. KAPITEL

Es hatte ein Meer von Gesichtern gegeben. Sie schienen in Cillas Kopf herumzuschwimmen, während sie in dem Warteraum des Krankenhauses auf und ab ging.

Es war so still hier. So still, dass man das Quietschen von Kreppsohlen auf dem Fliesenboden oder das Zischen der Aufzugstüren hörte. Doch in ihrem Kopf hörte sie auch noch immer das Chaos aus Sirenen, Stimmen, dem Knacken und Quäken der Funkgeräte in den Streifenwagen, die auf dem Parkplatz vor dem Eingang gestanden hatten.

Die Sanitäter waren gekommen. Hände hatten sie von Boyd weggezogen, hatten sie aus der Sendekabine und hinaus in die kühle, frische Nacht gezerrt.

Mark, erinnerte sie sich. Es war Mark gewesen, der sie zurückhielt, als sie die ganze Skala von der Hysterie zum Schock durchlief. Jackson war da gewesen, fest wie ein Felsen, hatte ihr eine Tasse mit einer heißen Flüssigkeit in die Hand gedrückt. Und Nick, kreidebleich, beruhigende Worte und Entschuldigungen murmelnd.

Fremde waren da gewesen, Dutzende von Fremden, die über ihre Radios die Konfrontation mitverfolgt hatten. Sie waren immer mehr geworden, bis die uniformierten Polizisten Sperren errichteten.

Dann war Deborah da gewesen, war weinend über den Parkplatz gelaufen, hatte Cops, Reporter und Gaffer beiseite geschoben, um zu ihrer Schwester zu kommen. Deborah hatte entdeckt, dass etwas von dem Blut an Cilla von ihr selbst stammte.

Jetzt blickte Cilla dumpf auf ihre bandagierte Hand. Sie hatte nicht gefühlt, wie das Messer während der wenigen hektischen Sekunden ihres Kampfes mit Billy in ihre Hand geschnitten hatte. Der Kratzer an ihrer Kehle, wo die Klinge sie geschnitten hatte, war schmerzhafter. Flache Wunden, dachte sie. Das waren nur flache Wunden verglichen mit dem tiefen Riss in ihrem Herzen.

Sie sah noch immer Boyd vor sich, wie sie ihn zum Krankenwagen hinausgefahren hatten. Für einen schrecklichen Moment hatte sie gefürchtet, er wäre tot. So weiß, so still.

Aber er lebte. Althea hatte es ihr gesagt. Er hatte eine Menge Blut verloren, aber er lebte.

Jetzt war er im Operationssaal, kämpfte darum, am Leben zu bleiben. Und sie konnte nur warten.

Althea sah ihr zu, wie sie auf und ab lief. Sie selbst saß lieber, um ihre Kräfte wieder zu sammeln. Sie hatte ihre eigenen Bilder, mit denen sie fertig werden musste. Der Stich, als Cillas Stimme in die Musik einbrach. Die darauf folgende rasende Jagd vom Revier zum Sender. Der Anblick ihres Partners, wie er auf dem Boden kniete und darum kämpfte, seine Waffe zu halten. Er hatte einen Moment vor ihr geschossen.

Sie war zu spät gekommen. Damit würde sie leben müssen.

Jetzt lag ihr Partner, ihr Freund, auf einem Operationstisch. Und sie konnte nur warten.

Deborah stand auf, ging zu ihrer Schwester und legte einen Arm um sie. Cilla blieb lange genug stehen, um aus dem Fenster zu starren.

„Warum legst du dich nicht hin?" schlug Deborah vor.

„Nein, ich kann nicht."

„Du brauchst nicht zu schlafen. Du könntest dich einfach auf der Couch da drüben ausstrecken."

Cilla schüttelte den Kopf. „Ich muss an so viele Dinge denken, weißt du? Wie er einfach dasaß und grinste, wenn er mich wütend gemacht hatte. Wie er sich mit einem Buch in eine Ecke der Sendekabine setzte. Die ruhige Art, in der er mich herumkommandiert hat. Ich habe mich die meiste Zeit bemüht, ihn wegzuschieben, aber ich habe nicht fest genug geschoben. Und jetzt ist er ..."

„Du kannst dir daran nicht die Schuld geben."

„Ich weiß nicht, wem ich die Schuld geben soll." Sie blickte zur Uhr. Wie konnten die Minuten so langsam verstreichen? „Ich kann jetzt gar nicht darüber nachdenken. Der Grund ist bei weitem nicht so wichtig wie die Auswirkung."

„Er würde bestimmt nicht wollen, dass du selbst die Schuld auf dich nimmst, Cilla."

Sie lächelte beinahe. „Ich habe es mir nicht gerade zur Gewohnheit gemacht zu tun, was er wollte. Er hat mir das Leben gerettet, Deb. Wie könnte ich es ertragen, wenn der Preis dafür sein Leben wäre?"

Deborah schien ihr keinen Trost bieten zu können. „Wenn du dich schon nicht hinlegen willst, wie wäre es dann mit Kaffee?"

„Gern, danke."

Deborah ging zu einer Kanne mit einem schalen Kaffeerest auf einer Warmhalteplatte. Als Althea zu ihr stieß, schenkte sie eine zweite Tasse ein.

„Wie hält sie durch?" fragte Althea.

„An einem dünnen Faden." Deborah rieb sich die brennenden Augen. „Sie gibt sich die Schuld." Sie betrachtete Althea, als sie ihr den Kaffee reichte. „Geben Sie ihr auch die Schuld?“

Althea zögerte und hob zuerst die Tasse an ihre Lippen. Sie sah hinüber zu der Frau am Fenster. Sie wollte Cilla die Schuld geben, erkannte sie. Sie wollte ihr die Schuld daran geben, dass sich Boyd in dieser Sache über ein vernünftiges Maß hinaus verstrickt hatte. Sie wollte ihr die Schuld daran geben, dass sie den Anstoß dazu gegeben hatte, einen bereits gestörten Verstand auf den Pfad der Rache zu bringen.

Aber sie konnte es nicht. Weder als Cop noch als Frau.

„Nein“, sagte sie seufzend. „Ich gebe ihr keine Schuld. Sie ist nur eines der Opfer.“

„Vielleicht könnten Sie ihr das sagen.“ Deborah reichte Althea die zweite Tasse. „Vielleicht muss sie das hören.“

Es war nicht einfach, zu Cilla hinzugehen. Sie hatten nicht miteinander gesprochen, seit sie den Warteraum betreten hatten. Althea begriff, dass sie auf sonderbare Weise Rivalinnen waren. Sie liebten beide denselben Mann. Auf unterschiedliche Art vielleicht und ganz sicher auf unterschiedlichen Ebenen, aber die Gefühle gingen auf beiden Seiten tief.

Es wurde ihr bewusst, dass sie keinen Groll hegen würde, wären auf Cillas Seite keine Gefühle entstanden. Wäre sie ein Auftrag geblieben, nichts als ein Auftrag, hätte Althea nie das Verlangen verspürt, ihr eine Schuld zuzuweisen.

Es schien so, als wäre Boyd nicht der Einzige, der seine Objektivität verloren hatte.

Sie blieb neben Cilla stehen. „Kaffee?"

„Danke." Cilla nahm die Tasse an, trank jedoch nicht. „Es dauert lange."

„Jetzt wird es nicht mehr lange dauern."

Cilla holte Luft und sammelte ihren Mut. „Sie haben die Wunde gesehen. Glauben Sie, er schafft es?"

Ich weiß es nicht ... Sie hätte es fast ausgesprochen. Beide wussten, dass sie es gedacht hatte. „Ich rechne fest damit."

„Sie haben mir einmal gesagt, er wäre ein guter Mann. Sie hatten Recht. Lange Zeit hatte ich Angst davor, es einzusehen, aber Sie hatten Recht." Sie wandte sich direkt Althea zu. „Ich erwarte nicht, dass Sie mir glauben, aber ich hätte alles getan, damit ihm nichts zustößt."

„Ich glaube Ihnen. Und Sie haben getan, was Sie konnten." Bevor Cilla sich wieder abwenden konnte, legte Althea ihr eine Hand auf den Arm. „Dass Sie Ihr Mikro aufgemacht haben, könnte ihm das Leben gerettet haben. Daran sollten Sie denken. Bei einer so ernsten Wunde, wie Boyd sie hat, zählt jede Sekunde. Durch die Sendung haben Sie uns einen Überblick über die Lage gegeben, und darum war der Krankenwagen fast genauso schnell da wie wir. Wenn Boyd es schafft, ist das zum Teil Ihrer Geistesgegenwart zu verdanken. Ich will, dass Sie daran denken."

„Billy war nur meinetwegen hinter ihm her. Ich muss auch daran denken."

„Sie versuchen, eine irrationale Situation logisch durchzudenken. Das klappt nicht." Das Mitgefühl schwand aus ihrer Stimme. „Wenn Sie schon Schuld verteilen wollen, wie wäre es dann mit John McGillis? Es war seine Fantasie, durch die erst die Zündschnur in Brand geriet. Wie wäre es mit dem System, das zuließ, dass jemand wie Billy Lomus von einem Pflegeheim zum nächsten geschoben wurde, so dass er nie wusste, wie es war, geliebt und akzeptiert zu werden, außer von einem kleinen, gestörten Jungen? Sie könnten Mark die Schuld daran geben, dass er Billys Referenzen nicht genau genug überprüft hat. Oder Boyd und mir, weil wir nicht schneller die

Querbeziehung gefunden haben. Man kann viel Schuld austeilen, Cilla. Wir alle müssen eben mit unserem Anteil leben."

„Es spielt eigentlich keine Rolle, nicht wahr? Ganz gleich, wen Schuld trifft, es ist Boyds Leben, das auf dem Spiel steht."

„Detective Grayson?"

Althea fuhr herum.

Der eintretende Arzt trug noch den grünen Operationskittel, vorne schweißgetränkt. Sie versuchte, zuerst seine Augen zu beurteilen. Sie waren klar und grau und sagten ihr gar nichts.

„Ich bin Grayson."

Er hob leicht eine Augenbraue. Man traf nicht oft einen Polizeidetective, der aussah, als wäre sein Platz auf dem Cover von „Vogue".

„Dr. Winthrop, Chef der Chirurgie. Ihr Partner hatte Glück. Wäre das Messer auch nur einen Zentimeter nach einer anderen Seite gegangen, hätte er keine Chance gehabt. Er befindet sich noch immer in kritischem Zustand, aber die Prognose ist gut."

„Er lebt." Cilla brachte endlich die Worte hervor. Sie spürte die Tränen in ihren Augen.

„Ja." Dr. Winthrop wandte sich an sie. „Sind Sie eine Verwandte?"

„Nein, ich ... nein."

„Miss O'Roarke ist die erste Person, die Boyd nach seinem Aufwachen wird sehen wollen." Althea drückte rasch Cillas Hand. „Seine Angehörigen wurden verständigt, aber sie waren in Europa und werden erst in mehreren Stunden hier sein."

„Verstehe. Wir verlegen ihn in Kürze auf die Wachstation. Danach verlegen wir ihn auf die Intensivstation. O'Roarke", sagte er plötzlich. „Natürlich. Mein Sohn ist ein großer Fan von Ihnen." Er hob sanft ihre verbundene Hand an. „Ich habe schon die Geschichte gehört. Wären Sie meine Patientin, hätten Sie ein Beruhigungsmittel bekommen und wären im Bett."

„Es geht mir gut."

Stirnrunzelnd betrachtete er ihre Pupillen. „Nicht im Geringsten, um es unprofessionell auszudrücken." Sein Blick strich über den langen Kratzer an ihrem Hals. „Sie haben einen schlimmen Schock erlitten, Miss O'Roarke. Kann Sie jemand nach Hause fahren?"

„Ich gehe erst nach Hause, wenn ich Boyd gesehen habe."

„Fünf Minuten, sobald er auf der Intensivstation liegt. Nur fünf Minuten. Ich kann Ihnen garantieren, dass er mindestens acht Stunden nicht aufwachen wird.“

„Danke.“ Wenn er dachte, sie würde sich mit fünf Minuten zufrieden geben, hatte er sich sehr getäuscht.

„Jemand sagt Ihnen Bescheid, wann Sie ihn sehen können.“

„Ich muss den Captain anrufen.“ Es machte Althea zornig, dass sie den Tränen nahe war. „Ich wäre Ihnen dankbar, wenn Sie mich holen, nachdem Sie ihn gesehen haben. Ich wäre gern auch einen Moment bei ihm.“

„Ja, natürlich, Thea.“ Cilla ließ sich von ihren Gefühlen leiten und schlang ihre Arme um Althea. Die Tränen spielten keine Rolle. Auch nicht der Stolz. Sie klammerten sich aneinander und hielten sich an der Hoffnung fest. Sie sprachen nicht. Das war auch nicht nötig. Als sie sich voneinander lösten, ging Althea, um ihren Captain anzurufen. Cilla wandte sich blindlings zu dem Fenster.

„Er kommt sicherlich bald wieder in Ordnung“, murmelte Deborah neben ihr. „Hier ist er in guten Händen.“

„Ich weiß.“ Sie schloss die Augen. Sie wusste es tatsächlich. Die Angst war verschwunden. „Ich muss ihn nur sehen, Deb. Ich muss ihn mit eigenen Augen sehen."

„Hast du ihm gesagt, dass du ihn liebst?"

Sie schüttelte den Kopf.

„Jetzt wäre vielleicht eine gute Gelegenheit."

„Ich hatte Angst, ich würde keine Gelegenheit bekommen, und jetzt ... ich weiß nicht."

„Nur eine Närrin könnte jemand so Besonderem den Rücken zuwenden."

„Oder ein Feigling." Cilla presste ihre Finger an ihre Lippen. „Diese ganze Nacht war ich halb von Sinnen, weil ich dachte, er könnte sterben. Pflichterfüllung." Sie wandte ihr Gesicht zu ihrer Schwester. „In Ausübung seiner Pflicht, Deborah. Wenn ich mich selbst gehen lasse, wenn ich mich nicht abwende, wie oft werde ich noch hier stehen und mich fragen, ob er weiterleben oder sterben wird?"

„Cilla ..."

„Oder ich öffne eines Tages die Tür, und dann steht sein Captain da und sagt mir, dass er bereits tot ist, so wie Moms Captain damals an die Tür kam."

„Du kannst nicht dein Leben lang auf das Schlimmste warten, Cilla. Du musst stets auf das Beste hoffen."

„Ich bin nicht sicher, ob ich das kann." Erschöpft fuhr sie sich mit den Fingern durch die Haare. „Im Moment bin ich überhaupt in nichts sicher, außer dass er lebt."

„Miss O'Roarke?" Cilla und Deborah drehten sich zu der Schwester um. „Dr. Winthrop sagte, ich solle Sie jetzt auf die Intensivstation bringen."

„Danke."

Ihr Herz hämmerte, als sie der Schwester auf den Korridor folgte. Ihr Mund war trocken, ihre Handflächen feucht. Sie versuchte, die Apparate und Monitore zu ignorieren, als sie durch die Doppeltüren in die Intensivstation kamen. Sie wollte sich auf Boyd konzentrieren.

Er war noch immer so weiß. Die Geräte piepsten und summten. Ein gutes Geräusch, versuchte sie sich einzureden. Es bedeutete, dass er am Leben war. Und sich ausruhte.

Zögernd streckte sie die Hand aus und strich ihm über das Haar. Es war so weich. Auch seine Haut, als sie über seine Wange streichelte.

„Es ist alles vorüber", sagte sie ruhig. „Du musst dich jetzt nur noch ausruhen und gesund werden." Verzweifelt hob sie seine Hand an ihre Lippen. „Ich bleibe so nahe, wie sie mich lassen. Ich verspreche es.“ Es war nicht genug, nicht annähernd. Sie strich mit den Lippen über seine Haare, seine Wange, seinen Mund. „Ich werde hier sein, wenn du aufwachst.“

Sie hielt Wort. Trotz Deborahs Widerspruch verbrachte sie den Rest der Nacht auf der Couch im Warteraum. Jede Stunde erlaubten sie ihr fünf Minuten mit ihm.

Die Morgendämmerung brach an. Die Schicht wechselte. Cilla hörte das Klappern von Frühstücksgeschirr. Sie sah auf die Uhr und setzte sich auf eine Bank nahe den Türen der Intensivstation. Es war fast Zeit für ihren stündlichen Besuch.

Während sie darauf wartete, eingelassen zu werden, eilten drei Personen den Korridor entlang. Der Mann war groß, hatte dichte graue Haare und ein hageres Gesicht. Neben ihm ging eine Frau, die blonden Haare zerzaust, das Kostüm zerknittert. Neben ihnen ging noch eine Frau. Die Tochter, dachte Cilla. Sie hatte die Statur ihres Vaters und das Gesicht ihrer Mutter.

Panik stand in ihren Augen. Trotz ihrer Müdigkeit sah Cilla die Panik und erkannte sie. Schöne Augen. Dunkelgrün, genau wie ... Boyds Augen.

„Boyd Fletcher“, sagte die junge Frau zu der

Schwester. „Wir sind seine Familie. Man hat uns gesagt, wir könnten ihn sehen."

Die Schwester sah auf ihrer Liste nach. „Ich führe Sie zu ihm. Nur zwei gleichzeitig, bitte."

„Geht ihr." Boyds Schwester wandte sich an ihre Eltern. „Ich warte hier."

Cilla wollte etwas sagen, doch als sich die Frau an das andere Ende der Bank setzte, konnte sie nur dasitzen und ihre Hände ineinander verschlingen.

Zehn Minuten später kamen die Fletchers wieder heraus. Der Ausdruck von Anspannung zeigte sich in den Augen der Frau, aber sie waren trocken. Ihre Hand umklammerte die ihres Mannes.

„Natalie." Sie berührte die Schulter ihrer Tochter. „Er ist wach. Benommen, aber wach. Er hat uns erkannt." Sie lächelte ihrem Mann zu. „Er wollte wissen, was zum Teufel wir hier machen, wenn wir eigentlich in Paris sein sollten." Jetzt füllten sich ihre Augen mit Tränen, und sie tastete ungeduldig nach einem Taschentuch. „Der Arzt kümmert sich gerade um ihn, aber du kannst ihn in ein paar Minuten sehen."

Natalie schlang einen Arm um die Taille ihrer Mutter, den anderen um ihren Vater.

Ihre Mutter steckte das Taschentuch wieder weg.

„Als er zu sich kam, fragte er nach einer gewissen Cilla. Das ist nicht der Name seiner Partnerin. Ich glaube nicht, dass wir eine Cilla kennen."

Obwohl ihre Beine sich in Gelee verwandelt hatten, stand Cilla auf. „Ich bin Cilla." Drei Augenpaare richteten sich auf sie. „Es tut mir Leid", brachte sie hervor. „Boyd wurde ... er wurde verletzt, weil ... er mich beschützt hat."

„Entschuldigung." Die Schwester stand wieder in der Doppeltür. „Detective Fletcher besteht darauf, Sie zu sehen, Miss O'Roarke. Er wird unruhig."

„Ich komme mit." Die Führung übernehmend, steuerte Natalie Cilla durch die Türen.

Boyds Augen waren wieder geschlossen, aber er schlief nicht. Er öffnete sie, als Cilla seine Hand berührte.

„Hi, Schlaukopf." Sie zwang sich zum Lächeln. „Wie geht's?"

„Du bist in Ordnung?" Er war nicht sicher gewesen. Seine letzte klare Erinnerung war, wie Billy das Messer hielt und Cilla mit ihm kämpfte.

„Es geht mir gut." Sie versteckte ihre bandagierte Hand hinter dem Rücken. „Du bist derjenige, der an Maschinen hängt." Obwohl ihre Stimme energisch klang, streichelte ihre Hand unendlich zärtlich über seine Wange. „Du hast schon besser ausgesehen, Fletcher."

Er verschlang seine Finger mit den ihren. „Ich habe mich auch schon besser gefühlt."

„Du hast mir das Leben gerettet." Sie kämpfte darum, ihren Ton leicht zu halten. „Ich schulde dir etwas."

„Verdammt richtig." Er wollte sie berühren, aber seine Arme fühlten sich wie Blei an. „Wann wirst du deine Schuld begleichen?"

„Darüber sprechen wir, wenn du wieder auf den Beinen bist. Deine Schwester ist hier." Sie blickte über das Bett hinweg auf Natalie.

Natalie beugte sich herunter und drückte einen Kuss auf seine Stirn. „Du Trottel."

„Es ist auch schön, dich wiederzusehen."

„Du konntest wohl nicht einfach ein erfolgreicher Geschäftshai werden, was?"

„Nein." Er lächelte und sackte fast wieder weg. „Aber du gibst einen großartigen Hai ab. Sorge dafür, dass du ihnen keine Sorgen machst."

Sie seufzte ein wenig, als sie an ihre Eltern dachte. „Du verlangst ja gar nicht viel."

„Es geht mir gut. Sag ihnen das immer wieder. Du hast Cilla schon kennen gelernt?"

Natalie hob prüfend den Kopf. „Ja, wir haben uns kennen gelernt. Gerade eben."

„Schaff sie verdammt noch mal hier raus!"

Natalie sah Schock und Schmerz in Cillas Augen.

„Sie braucht mich nicht wegzuschaffen." Mit ihrem letzten Rest an Stolz hob Cilla ihr Kinn. „Wenn du mich nicht hier haben willst, werde ich ..."

„Sei nicht albern." Boyd sagte es mit dieser sanften, leicht irritierten Stimme, bei der Cilla weinen wollte. Er sah wieder seine Schwester an. „Sie kann sich nicht mehr auf den Beinen halten. Die letzte Nacht war hart. Sie ist zu stur, um es sich einzugestehen, aber sie muss heimfahren und ein wenig schlafen."

„Du undankbarer Knochen", brachte Cilla hervor. „Glaubst du, du kannst mich sogar herumkommandieren, wenn du flach auf dem Rücken liegst?"

„Ja. Gib mir einen Kuss."

„Würdest du mir nicht Leid tun, würde ich dich betteln lassen." Sie beugte sich über ihn und berührte seinen Mund mit ihren Lippen. In dem Moment der Berührung erkannte sie mit neuer Panik, dass sie kurz vor dem Zusammenbruch stand. „Da du mich loswerden willst, gehe ich. Ich habe eine Sendung vorzubereiten."

„Hey, O'Roarke."

Sie fand noch so viel Selbstbeherrschung, dass sie über ihre Schulter zurückblicken konnte. „Ja?"

„Komm bald wieder her."

„So, so ..." murmelte Natalie, als Cilla davoneilte.

„So, so ..." echote ihr Bruder. Er konnte die Augen nicht mehr offen halten. „Sie ist großartig, nicht wahr?"

„Muss sie wohl sein."

„Sobald ich länger als eine Stunde hintereinander wach bleiben kann, werde ich sie heiraten."

„Verstehe. Vielleicht solltest du so lange warten, bis du sogar eine Stunde lang stehen kannst."

„Ich werde darüber nachdenken, Nat!" Er griff nach ihrer Hand. „Schön, dich zu sehen."

„Und wie", sagte sie, als er einschlief.

Cilla lief fast, als sie die Doppeltür erreichte. Sie blieb nicht stehen, nicht einmal, als sich Boyds Eltern von der Bank erhoben. Während ihr der Atem stockte und ihre Augen sich füllten, hastete sie den Korridor entlang und stolperte in den Waschraum.

Natalie fand sie dort zehn Minuten später, in einer Ecke auf dem Boden zusammengekrümmt, verzweifelt schluchzend. Wortlos zog Natalie eine

Hand voll Papierhandtücher. Sie machte ein paar feucht und hockte sich vor Cilla hin und hielt ihr die Tücher hin.

„Hier, für Sie."

„Ich hasse das", sagte Cilla zwischen Schluchzern.

„Ich auch." Natalie wischte sich über ihre eigenen Augen, und dann, ohne einen Gedanken an ihr Siebenhundertdollarkostüm verschwendend, setzte sie sich auf den Boden. „Der Arzt sagt, sie verlegen ihn wahrscheinlich morgen in ein normales Zimmer. Sie hoffen, seinen Zustand von kritisch zu ernst bis heute Nachmittag zu verbessern."

„Das ist gut." Cilla bedeckte ihr Gesicht mit einem Handtuch. „Sagen Sie ihm nicht, dass ich geweint habe."

„In Ordnung."

Sie schwiegen, während sie beide um Selbstbeherrschung rangen.

„Vermutlich wollen Sie alles wissen, was passiert ist", sagte Cilla endlich.

„Ja, aber das kann warten. Boyd hatte bestimmt einen Grund, als er sagte, Sie sollten heimfahren und schlafen."

Ohne Mühe hätte sie sich auf dem Fliesenboden

ausstrecken und auf der Stelle einschlafen können. „Vielleicht."

„Ich nehme Sie mit."

„Nein, danke. Ich rufe ein Taxi."

„Ich nehme Sie mit", wiederholte Natalie und stand auf. Cilla senkte das Handtuch und betrachtete sie. „Sie sind ihm sehr ähnlich, nicht wahr?"

„Das behauptet man." Natalie half Cilla auf. „Boyd sagte mir, er würde Sie heiraten."

„Das behauptet er."

Zum ersten Mal seit Stunden lachte Natalie. „Wir werden uns wirklich unterhalten müssen."

Cilla lebte in der nächsten Woche förmlich im Krankenhaus. Sie war froh, dass ständig Freunde, Verwandte und Kollegen bei Boyd waren und er kaum ungestört mit ihr sprechen konnte. Als sich sein Zustand verbesserte, hielt sie ihre Besuche kürzer. Sie brauchten beide Abstand, fand sie.

Althea informierte sie über Billy Lomus. In seiner gestörten Kindheit war John McGillis der einzige Lichtblick gewesen. Wie das Schicksal es wollte, hatten sie sich jeweils von der Schwäche des anderen genährt. Johns erster Selbstmordversuch war zwei Monate nach Billys Abflug nach Vietnam passiert. Damals war er knapp zehn Jahre alt gewesen. Als Billy zurückgekehrt war, bitter und verwundet, war John weggelaufen, um bei ihm zu sein. Obwohl die Behörden die beiden immer wieder trennten, hatten sie einander stets wieder gefunden. Johns Tod hatte Billy über die dünne Grenze der Vernunft getrieben, an der er entlanggewandelt war.

„In diesen letzten zwei Wochen", sagte Cilla, als sie auf dem Krankenhausparkplatz standen, „habe ich mich gefragt, ob ich bei John McGillis etwas hätte anders machen können. Aber das war nicht möglich. Es ist eine Erleichterung für mich, dass ich jetzt endlich ganz sicher sein kann."

„Dann können Sie das hinter sich lassen."

„Ja. Ich kann es nicht vergessen, aber hinter mir lassen. Und ich möchte Ihnen für alles danken, was Sie getan haben."

„Es war mein Job. Wir waren anfangs keine Freundinnen. Ich denke, jetzt sind wir beinahe welche."

Cilla lachte. „Beinahe."

„Als jemand, der beinahe Ihre Freundin ist, möchte ich etwas sagen."

„Okay."

„Ich habe Sie und Boyd von Anfang an beobachtet. Beobachtung ist ein Teil meines Jobs. Ich habe noch nicht entschieden, ob Sie gut für Boyd sind. Aber Boyd denkt, dass Sie gut für ihn sind. Das genügt mir. Jetzt müssen nur noch Sie entscheiden, ob er gut für Sie ist."

„Er denkt, dass er es ist", murmelte Cilla.

„Das habe ich bemerkt." Althea blickte die Krankenhausfassade hinauf. „Ich habe gehört, er kommt in zwei Tagen heraus."

„So lautet das Gerücht."

„Sie waren schon oben?"

„Für ein paar Minuten. Seine Schwester ist da und ein paar Cops. Sie haben ihm ein Blumenarrangement in Form eines Hufeisens gebracht. Auf der Karte steht, ‚Viel Glück, Lucky'. Sie versuchten ihm zu erzählen, sie hätten es auf dem Begräbnis eines Gangsters konfisziert."

„Sollte mich nicht überraschen. Seltsam, Cops haben einen Sinn für Humor, genau wie richtige Menschen." Sie lächelte Cilla zu. „Ich gehe jetzt hinauf. Soll ich ihm sagen, dass Sie später wiederkommen?"

„Nein. Sagen Sie ihm, er soll Radio hören. Ich werde zusehen, ob ich ‚Dueling Banjos' ausgraben kann."

„‚Dueling Banjos‘?“

„Ja. Bis später, Thea.“

„Sicher.“ Althea sah Cilla nach, wie sie zu ihrem Wagen ging, und war nicht zum ersten Mal dankbar, nicht verliebt zu sein.

„Cilla.“

Sie zuckte nicht mehr bei der Nennung ihres Namens zusammen, sondern drehte sich lächelnd in ihrer Kabine zu Nick um. „Hey.“

„Ich ... äh ... komme wieder zurück.“

„Habe ich schon gehört. Sie sind ein Gewinn für den Sender, Nick. Freut mich, dass Sie Ihre Meinung geändert haben.“

„Ja, also ...“ Er betrachtete die Narbe an ihrer Hand. „Freut mich, dass Sie in Ordnung sind. Ich wollte mich entschuldigen“, platzte er heraus. „Ich komme mir wie ein Idiot vor, besonders nachdem ich die ganze Geschichte über Billy und diesen Kerl aus Chicago gehört habe.“

„Sie sind überhaupt nicht wie John, Nick. Und ich bin geschmeichelt, dass Sie sich zu mir hingezogen fühlten ... besonders da Sie einen gemeinsamen Kurs mit meiner unglaublich schönen Schwester haben.“

„Deborah ist nett. Aber sie ist zu klug."

Cilla lachte zum ersten Mal in diesem Monat laut auf. „Vielen Dank, Junge. Und was bin ich?"

„Ich habe nicht gemeint ..." Er brach tödlich verlegen ab.

„Hey, Nick ..." Cilla verstummte, als sie Boyds Mutter in der Tür sah. „Mrs. Fletcher." Sie sprang auf.

„Ich hoffe, ich störe Sie nicht." Sie lächelte Cilla und Nick zu.

„Nein, nein, natürlich nicht." Cilla wischte sinnloserweise über ihre schmutzige Jeans. „Äh ... Nick, warum holen Sie nicht Mrs. Fletcher eine Tasse Kaffee?"

„Nein, danke, meine Liebe. Ich kann nur einen Moment bleiben."

Nick entschuldigte sich und ging.

„Also." Mrs. Fletcher sah sich um. „Hier arbeiten Sie." Die angespannten Züge um ihre Augen herum waren verschwunden. Sie war eine schlanke, attraktive und perfekt hergerichtete Frau. Und sie schüchterte Cilla verteufelt ein. „Lassen Sie sich durch mich nicht unterbrechen."

„Nein ... ich ... ich bin gewöhnt zu arbeiten, wenn Leute um mich sind."

„Ich habe Sie im Krankenhaus vermisst. Darum bin ich hergekommen, um mich zu verabschieden."

„Sie reisen ab?"

„Da Boyd auf dem Weg der Besserung ist, fliegen wir zurück nach Paris. Geschäftlich und zum Vergnügen."

Cilla sagte die nächste Platte an. „Sie müssen erleichtert sein, dass es Boyd wieder gut geht und alles vorbei ist."

„Ja." Sie hob Cillas Hand an und betrachtete die verheilende Wunde. „Erfahrungen hinterlassen Narben." Sie ließ Cillas Hand los und ging in der kleinen Kabine herum. „Boyd sagt, er will Sie heiraten."

„Ich ..." Sie schüttelte den Schock ab und räusperte sich. „Entschuldigen Sie." Sie sagte die Rätselplatte an.

„Faszinierend." Mrs. Fletcher lächelte. „Boyd sagte also, dass er Sie heiraten wird. Ich frage mich, ob Sie Hilfe bei den Vorbereitungen brauchen."

„Nein. Das heißt, ich habe noch nicht gesagt ... Entschuldigung." Sie drückte eine blinkende Taste. „KHIP. Nein, tut mir Leid, falsche Antwort."

Die Stimme des vierten Anrufers war vertraut. „Hey, O'Roarke."

„Boyd." Sie warf seiner Mutter einen hilflosen Blick zu. „Ich arbeite."

„Und ich rufe an. Es war ‚Electric Avenue', Eddy Grant, 1983."

Sie musste lächeln. „Sehr gut, Schlaukopf. Du hast zwei Konzertkarten gewonnen. Warte." Sie schaltete ihr Mikro um. „Wir haben einen Gewinner."

„Gehst du mit mir ins Konzert?" fragte er, nachdem sie die nächste Platte angesagt hatte.

„Wenn du Glück hast. Ich muss weitermachen."

„Hey!" rief er. „Ich habe ‚Dueling Banjos' noch nicht gehört."

„Dann musst du die Sendung weiter anhören." Sie atmete tief durch und wandte sich wieder an seine Mutter. „Tut mir Leid."

„Kein Problem. Was ist mit der Hochzeit?"

„Ich weiß nicht, dass es eine Hochzeit geben wird. Ich meine, es gibt keine Hochzeit." Sie fuhr sich durch die Haare. „Ich glaube nicht."

„Nun ja ..." Ein wissendes Lächeln spielte um ihren Mund. „Sie oder Boyd werden es uns schon wissen lassen. Er liebt Sie sehr, wissen Sie das?"

„Ja. Ich glaube schon. Mrs. Fletcher, ich spiele kein Spiel mit Boyd. Ich würde ihn aber nie bitten, sich zu ändern, und ich weiß einfach nicht, ob ich mit seinem Beruf leben kann."

„Weil Sie Angst haben, er könnte sterben und Sie zurücklassen, wie Ihre Eltern das getan haben?"

Cilla betrachtete ihre Hände. „Darauf läuft es hinaus."

„Ich mache mir auch Sorgen um ihn, aber ich liebe ihn, und das muss genug sein. Es ist immer schwer, jemanden zu verlieren, den man liebt. Wie Sie Ihre Eltern verloren, das war tragisch – und nach dem, was Boyd sagte, unnötig. Meine Mutter starb, als ich erst sechs war. Sie hat sich im Garten in den Daumen gestochen. Ein paar Wochen später starb sie an Blutvergiftung. Tragisch und unnötig. Es ist unmöglich zu sagen, wann uns ein geliebter Mensch genommen wird. Aber wie traurig wäre es, würden wir uns nicht erlauben zu lieben, nur weil wir Angst vor dem Verlust haben." Sie berührte Cillas Wange. „Hoffentlich sehen wir uns bald wieder."

„Danke für den Besuch", sagte Cilla.

Boyds Mutter drehte sich an der Tür um. „War mir ein Vergnügen." Sie betrachtete ein Poster von einem Rockstar mit nacktem Oberkörper und schulterlangem Haar. „Obwohl ich Cole Porter bevorzuge!"

Cilla lächelte noch, als das Wunschtelefon anlief.

„Hier ist Cilla O'Roarke für KHIP. Es ist fünf Minuten nach Mitternacht. Bevor ich einen Anruf entgegennehme, habe ich selbst einen Wunsch. Dieser Song ist für Boyd. Nein, es ist nicht ‚Dueling Banjos', Schlaukopf. Du musst dich an einen neuen Erinnerungssong gewöhnen. Es ist ein Song von den Platters. ‚Only You'. Nur du. Ich hoffe, du hörst zu, weil du wissen sollst ..." Zum ersten Mal in ihrer Karriere erstickte sie fast während einer Sendung. „Oh, Mann, ist das schwer. Ich will sagen, ich bin endlich zu dem Schluss gekommen, nur du kommst für mich in Frage. Ich liebe dich, und wenn das Angebot noch besteht, gilt der Handel."

Sie spielte die Platte ab und ließ mit geschlossenen Augen den Song durch ihren Kopf fließen.

Danach nahm sie Anruf um Anruf an. Es gab Witze und Fragen zu Boyd, aber keiner der Anrufer war Boyd. Sie war so sicher gewesen, er würde anrufen. Aber vielleicht hatte er gar nicht zugehört!

Die nächsten zwei Stunden überstand sie nur mühsam. Es war unglaublich dumm, über Radio zu verkünden, dass man jemanden liebte. Sie hatte sich lediglich blamiert.

Je mehr sie darüber nachdachte, desto wütender wurde sie.

„Das war vielleicht eine tolle Sache", bemerkte Jackson, als er kurz vor zwei in die Kabine kam.

„Halt den Mund!" Mit zusammengebissenen Zähnen schaltete Cilla ihr Mikro ein. „Das war alles für heute Nacht, Denver. Und denkt daran, wenn ihr von mir träumt, träumt gut." Sie stieß ihren Stuhl beiseite. „Und wenn du klug bist", sagte sie zu Jackson, „sagst du kein Wort."

„Meine Lippen sind versiegelt."

Sie stürmte hinaus. Sie wollte nach Hause fahren und alles vergessen. Und falls Deborah zugehört hatte und noch auf war, dann hatte sie wenigstens jemanden, den sie fertig machen konnte.

Sie stapfte mit gesenktem Kopf zu ihrem Wagen und hatte die Hand schon am Türgriff, als sie Boyd auf der Motorhaube sitzen sah.

„Eine hübsche Nacht", sagte er.

„Was ... was zum Teufel machst du hier?" Ihr Ärger war vergessen. „Du solltest im Krankenhaus sein."

„Ich bin über die Mauer gestiegen."

„Du Idiot! Sitzt hier in der Nachtluft. Vor zwei Wochen warst du fast tot, und ..."

„Ich habe mich noch nie im Leben besser gefühlt und du auch nicht.“ Er zog sie zu einem Kuss an sich.

„Was?“

„Du hast dich auch nie besser in meinem Leben angefühlt.“

„Steig ein. Ich bringe dich zurück ins Krankenhaus.“

„Den Teufel wirst du tun.“ Lachend zog er sie erneut an sich und küsste sie verzehrend.

Sie fühlte sich schwach und heiß und schwindelig.

„Mir hat der Song gefallen.“

„Welcher Song? Oh. Du hast zugehört.“

„Was du gesagt hast, hat mir noch besser gefallen. Wie wäre es, wenn du es von Angesicht zu Angesicht wiederholst?“

„Ich ...“ Sie stieß den Atem aus.

Geduldig legte er seine Hände an ihr Gesicht. „Komm schon, O'Roarke, spuck es aus.“

„Ich liebe dich.“ Sie sagte es so schnell und mit so offensichtlicher Erleichterung, dass er lachte. „Verdammt, das ist nicht lustig. Ich liebe dich wirklich, und es ist deine Schuld, dass ich gar nicht anders kann.“

„Erinnere mich daran, dass ich mir später selbst

auf die Schulter klopfe. Du hast eine verteufelte Stimme, Cilla.“ Er schlang behaglich seine Arme um sie. „Und du hast nie besser geklungen als heute Nacht.“

„Ich hatte Angst.“

„Ich weiß.“

„Ich glaube, nein, ich weiß, das ich jetzt keine Angst mehr habe.“ Sie lehnte ihren Kopf gegen seine Schulter. „Es ist richtig.“

„Ja, genau richtig. Das Angebot besteht noch, Cilla. Heirate mich.“

Sie ließ sich Zeit, nicht weil sie Angst hatte, sondern weil sie es genießen wollte. Sie wollte sich an jede Sekunde erinnern. Es war eine klare Vollmondnacht, die Sterne funkelten. Sie fing den feinen Duft zarter Frühlingsblumen auf.

„Eine Frage habe ich vorher noch.“

„Okay.“

„Können wir wirklich eine Köchin einstellen?“

Er lachte und küsste sie. „Unbedingt.“

„Dann gilt der Handel.“

– Ende –

Band-Nr. 25124
6,95 € (D)
ISBN 3-89941-163-3

Emilie Richards

Gefährliche Nächte

Zwei spannende Romantic-Thriller von Emilie Richards um Gefahr und Leidenschaft im schwülen New Orleans.

Im Dunkel der Stadt
Bei Nacht und Nebel entkommt Maggie aus der Klinik ins nächtliche New Orleans. Jemand trachtet ihr nach dem Leben – wer? Wenn sie sich bloß erinnern könnte! Nur an einem Ort fühlt sie sich geborgen: bei Joshua Martane, der ihr zur Flucht verholfen hat ...

Mond über dem Mississippi
Auf einem malerischen Hausboot in den Sümpfen von New Orleans entdecken Antoinette und Detective Sam Long ihre Leidenschaft füreinander. Doch der brisante Fall, der sie zusammengebracht hat, ist noch nicht geklärt ...

MIRA®

Nora Roberts

Die Stanislaskis 2
Verführung in Manhattan

Für die kühle Sydney gibt es nur eins: Erfolg im Beruf. Doch der lebensfrohe Künstler Mikhail Stanislaski macht ihr gehörig einen Strich durch die Rechnung.

Band-Nr. 25125
6,95 € (D)
ISBN 3-89941-164-1

Nora Roberts

Die Stanislaskis 3
Gegen jede Vernunft

Lebenslänglich – nichts anderes will der smarte Zackary Muldoon, als er die attraktive Rachel Stanislaski kennen lernt. Doch ist die kühle Juristin bereit, dem rauen Barbesitzer für immer ihr Herz zu schenken?

Band-Nr. 25132
6,95 € (D)
ISBN 3-89941-171-4

Vorschau
Dieser Roman ersc
im Mai 2005

Das erste Hörbuch
bei Mira Taschenbuch!

Nora Roberts

Einklang der Herzen
3 CD

Nora Roberts fulminanter Debütroman erstmals als Hörbuch!
Exklusiv mit einem wunderbaren Titelsong, gesungen von Nino de Angelo und Lisa Shaw.

Hörbuch
9,95 € (D)
ISBN 3-89941-206-0

MIRA®

Vorschau
Dieser Roman erscheint im Mai 2005

Nora Roberts
Der geheimnisvolle Fremde
Band-Nr. 25133
6,95 € (D)
ISBN 3-89941-172-2

Sandra Brown
Gefangen in der Wildnis
Band-Nr. 25117
6,95 € (D)
ISBN 3-89941-153-6

Nora Roberts
Die Traumfängerin
Band-Nr. 25105
6,95 € (D)
ISBN 3-89941-141-2

Tess Gerritsen
Akte Weiß
Band-Nr. 25106
6,95 € (D)
ISBN 3-89941-142-0